Pour Monsieur Melon Delapart de
Son très humble & très obéissant serviteur Gueneau

10534

DISCOURS

PRÉLIMINAIRE,

DE LA COLLECTION

ACADEMIQUE.

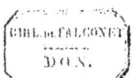

iv

Licet aliæ scientiæ multa mirabilia faciant, ut Geometria practica facit Specula comburentia omne contumax, & sic de aliis; tamen omnia hujusmodi utilitatis mirificæ in Republicâ, pertinent principaliter ad hanc scientiam (experimentalem) : nam hæc se habet ad alias sicut navigatoria ad carpentariam, & sicut ars militaris ad fabrilem : hæc enim præcipit ut fiant instrumenta mirabilia, & factis utitur, & etiam cogitat omnia secreta propter utilitates Reipublicæ & personarum, & imperat aliis scientiis sicut ancillis suis, & ideò tota sapientiæ speculativæ proprietas isti scientiæ specialiter attribuitur.

Roger Bacon. opus majus.

DISCOURS
PRÉLIMINAIRE.
DE LA COLLECTION ACADEMIQUE.

L'HOMME ne commande point en maître à la nature : quelquefois il se croit son législateur, mais il est toujours son esclave, ou plutôt il est un des instrumens qu'elle met en œuvre pour remplir ses vues sur une petite partie de l'univers. C'est un instrument intelligent qui agit sur une matière aveugle & soumise à des loix nécessaires par lesquelles il est lui-même entraîné. Son pouvoir consiste à se prévaloir de ces loix que toutes ses forces ne sauroient enfreindre : il a donc un grand intérêt à les connoître. Mais un seul moyen lui est offert pour les découvrir : c'est d'observer attentivement l'action perpétuelle & réciproque des corps sur les corps, d'étudier les diverses impressions dont ils affectent ses sens, & de se mesurer pour ainsi dire avec tous les êtres qui l'environnent. Plus il employera de facultés, de réflexions & de tems à cet examen, mieux il connoîtra les loix de l'univers & les propriétés de la matière. Car quelles que soient en elles-mêmes ces loix & ces propriétés, nous ne pouvons en avoir que des notions commencées, incomplettes & fucceffives, qui ne font que le dévelopement de nos fenfations, qui croiffent & s'étendent par degrés à mefure que nos facultés s'appliquent aux chofes, & qui s'étendroient beaucoup plus encore, fi nous avions un plus grand nombre de facultés à exercer, ou fi nous faifions un ufage plus conftant & plus réfléchi de celles qui nous ont été données.

L'obfervation eft donc le premier pas de la Philofophie; & les faits que l'obfervation accumule, doivent être regardés comme les matières premières de nos idées générales, & comme la bafe de la fcience. Si tous les phénomènes étoient bien connus, il ne refteroit plus d'obfcurité fur les caufes; au contraire, fans la connoiffance des phénomènes, le plus grand Philofophe abandonné à fes conjectures fe perdroit dans le poffible; & la force de fon imagination ne ferviroit alors qu'à l'éloigner du vrai, & qu'à l'égarer dans des routes inacceffibles au Vulgaire.

Mais le génie du fiécle eft trop porté à l'étude des faits, pour qu'il foit néceffaire d'infifter fur les avantages de cet étude. Il femble même que les hommes avertis par les écarts des Philofophes rationels, & intimidés par la chute précipitée de leurs fyftêmes, ayent pris une prévention trop forte contre la méthode fyftématique. Par une méprife qui n'eft que trop commune, on a confondu les abus de la raifon avec la raifon. L'efprit humain, qui femble ne pouvoir fe repofer que dans les extrêmes, a paffé tout d'un coup de la préfomption à la défiance, de la témérité au découragement. Peu s'en faut aujourd'hui que la Philofophie réduite à la feule infpection des phénomènes, au feul

inſtinɕt de l'obſervation, ne rejette comme ſuſpeɕte toute vérité
générale : peu s'en faut que pour être admis au rang de Philoſophe, la première condition ne ſoit de renoncer à la plus belle prérogative de l'être penſant, à la puiſſance de généraliſer les faits
& les idées.

Mais ſeroit-il poſſible que cette faculté aɕtive par laquelle l'entendement humain combine ſes notions particulières, & en forme
des idées abſtraites qui embraſſent les propriétés générales des
êtres, que ce rayon de lumière qui conſtitue la ſupériorité de
notre nature ſur toutes les natures terreſtres, & même la ſupériorité d'un homme ſur un autre homme, ne fût en effet qu'une
ɟueur trompeuſe & qu'un guide infidèle ? Seroit-il vrai que toute
abſtraɕtion fût une erreur ? que tout terme général fût un abus ?
Ce préjugé eſt d'autant plus ſpécieux, qu'en écartant tout ce que
l'eſprit de l'homme ajoûte aux vérités de la nature, il ſemble donner plus de ſolidité à nos connoiſſances phyſiques. Cependant
j'oſe ſoutenir qu'il n'eſt guère d'erreur plus nuiſible aux progrès
de la ſcience, & plus contraire à ſon eſprit. En effet la ſcience
ne mérite plus ce nom lorſqu'elle ſe borne à l'obſervation particulière des individus. Une pareille obſervation eſt la baſe & non
le terme de ſes travaux ; & les connoiſſances qui en réſultent, ne
lui appartiennent qu'autant qu'elles menent à la découverte des
affeɕtions communes à un grand nombre d'objets différens ;
autrement le plus ſavant Phyſicien ne connoîtroit qu'autant que
ſes ſens auroient été exercés, & que ſa mémoire ſeroit fidèle : il
n'auroit beſoin pour cela ni d'eſprit ni de génie : toute ſa ſcience
ſe réduiroit à un amas confus de notions iſolées, ſtériles, accumu-
lées ſans choix, entaſſées ſans diſcernement, & dont il ne pour-

roit réfulter aucune lumière ; car toute lumière intellectuelle fuppofe néceffairement la comparaifon de plufieurs chofes. On ne
peut expliquer la nature d'un objet que par l'énumération de fes
propriétés, c'eft-à-dire, de fes rapports avec les autres êtres, &
l'objet le mieux connu eft celui dont on a découvert un plus grand
nombre de rapports avec le refte de l'univers, & qui par confé-
quent a été le plus comparé. Au contraire, un être fuppofé unique pourroit être fenti, mais ne pourroit être connu, puifqu'il
feroit impoffible de le rapporter à rien, de le combiner avec des
objets femblables ou différens, de remarquer comment il agiroit
par fa propre force, comment il feroit affecté par une force étran-
gère, en un mot de découvrir aucune de fes proprietés ; & fi
cet objet unique étoit fenfible & capable de connoiffance, il eft
encore très-probable qu'il ne fe connoîtroit pas lui-même, puifque tout être intelligent ne fe connoît que par la confcience de
l'action qu'il exerce ou de celle qu'il éprouve, & que l'on ne peut
concevoir aucune forte d'action qu'entre plufieurs exiftences di-
ftinctes & féparées. Or tout objet confidéré folitairement eft à
peu-près dans le cas de l'objet unique, & tant qu'il ne fera point
comparé, il reftera inconnu, la comparaifon étant, comme nous
venons de le faire voir, le grand inftrument de la connoiffance,
& l'acte propre de l'entendement qui généralife les témoignages
des fens extérieurs, & qui en forme des abftractions & des idées.

L'abftraction eft donc évidemment du reffort des fciences naturelles, puifque ces fciences ont pour but d'obferver les phénomènes particuliers, de les comparer, de les généralifer en les
comparant, & d'arriver par ces degrés à la découverte des loix
de l'univers. Les phénomènes particuliers font le fond fur lequel

le

le Physicien doit travailler ; mais les abstractions sont les seuls
moyens par lesquels il puisse simplifier ces phénomènes en les rédui-
sant à un petit nombre de faits primitifs & fondamentaux ; & les
termes abstraits qui désignent les résultats de cette réduction , sont
les traits de lumière par lesquels il peint à l'entendement les grands
aspects de la nature. Ce ne sont donc point les abstractions, c'est l'abus
des abstractions qui nous égare: la clarté qu'elles produisent est d'autant plus vive & plus sûre qu'elle est moins éloignée des objets ; elle
s'affoiblit, mais elle s'étend sur un plus grand espace, à mesure qu'elle
s'éloigne davantage & qu'elle se répand de plus haut : trop près, elle
n'éclaire pas assez l'ensemble ; trop loin , elle n'éclaire pas assez chaque partie : le grand art est de tenir ce flambeau à une juste distance,
& de choisir le point de vue d'où l'on apperçoit distinctement les
objets particuliers , & d'où l'on embrasse leurs rapports généraux :
l'abstraction ainsi employée est la vraie lumière de la science
& la langue propre du génie : ce n'est que par elle que nous
pouvons voir & représenter la nature en grand , connoître &
imiter son action , mesurer & diriger ses puissances & les appliquer à nos besoins ou à nos plaisirs. Il ne seroit pas raisonnable
de se priver volontairement d'un tel secours , par la seule raison
qu'on peut en abuser. C'est un ressort puissant qui produit toujours de grands effets & qui cause beaucoup de bien ou beaucoup de mal suivant la main qui le met en œuvre. Si l'on a vu
des Philosophes trop hardis qui , ayant à peine jetté un coup d'œil
rapide sur les choses , ont pris tout à coup leur essor dans la
région des idées , pour y bâtir sur des nuages légers des hypothèses
chancellantes ; il s'est aussi trouvé des sages qui , plus retenus &
non moins courageux ont commencé par interroger la nature ,

b

méditer ſes réponſes & ſe pénétrer, pour ainſi dire, de ſon eſprit : ſe ſont enſuite élevés par degrés & à travers l'inconſtance
perpétuelle des phénomènes, juſqu'à ces loix immuables auſquel-
les tout changement eſt ſoumis ; ont inventé de nouvelles expériences & de nouvelles meſures pour vérifier ces loix, & ſur
ces fondemens inébranlables ont affermi des théories qui expli-
quent l'univers, & qui ſeront auſſi durables que lui.

C'eſt dans le plan de ces admirables théories que l'on doit chercher la vraie méthode d'étudier la nature ; comme c'eſt dans les
débris de toutes ces hypothèſes ſucceſſivement détruites par
d'autres hypothèſes, qu'on reconnoîtra dans quels écarts l'abus des
abſtractions peut entraîner les Philoſophes : on verra que les premiers ne ſont parvenus aux grandes vérités que pour avoir ſu généraliſer par l'analogie les réſultats de l'obſervation; & qu'au contraire
les autres ne ſe ſont égarés que pour avoir voulu ſuivre leurs conjectures, & généraliſé les conſéquences au-delà de l'obſervation & de
l'analogie. Ce double point de vue nous fera marcher d'un pas plus
circonſpect & plus ſûr dans les ſentiers de la Philoſophie : il eſt également important de connoître & la route qu'il faut ſuivre & les
écueils qu'il faut éviter : mais ſi les dangers de l'abſtraction ſont
grands, ſes avantages ſont immenſes : car quels avantages ne devons-
nous point attendre de l'art de former des idées générales qui repré-
ſentent l'ordre même des choſes ; de cet art ſupérieur qui commande à tous les autres arts, & qui ne reçoit des loix que de lui-
même ; de cet art univerſel qui répand ſa lumière ſur toutes les
connoiſſances, & qui n'a de limites que celles de l'eſprit humain !

Loin donc de chercher à ſéparer ou à oppoſer la méthode rationelle & la méthode expérimentale, on ne peut apporter trop

de foin à les mener de front & à les unir perpétuellement. Ce font
deux inftrumens néceffaires , mais qui ne peuvent agir efficacement
que lorfqu'ils agiffent enfemble, & c'eft à leur accord le plus parfait
que font attachés les grands progrès de la Philofophie. Envain un
obfervateur laborieux fe fatigue fans relâche à fonder la terre ou à
mefurer le ciel, envain il s'efforce d'embraffer dans fes recherches l'infiniment petit & l'infiniment grand, fi les phénomènes ne font point
naître les idées , fi l'efprit ne feconde point les fens , s'il ne forme pas un enfemble où toutes ces connoiffances détachées foient
réunies dans l'ordre que demandent leurs rapports & leur dépendance mutuelle , enfin fi la Philofophie rationelle ne donne point
la forme & l'arrangement à ces matériaux épars , tant de travaux
loin de faire connoître la beauté , la puiffance & l'harmonie de
la nature, n'aboutiroient tout au plus qu'à nous étonner par le
fpeétacle confus de fon immenfité. Mais les efforts du Philofophe rationel feroient encore moins heureux fi, voulant élever l'édifice, il en vouloit auffi créer les matériaux ou les arranger d'après des
plans arbitraires : une multitude de chimères philofophiques & de
mondes menfongers feront le réfultat d'une pareille entreprife :
ces ouvrages du délire furprendront d'abord par leur hardieffe ,
plairont par leur nouveauté , & continueront d'éblouir par leur
faux éclat, jufqu'à ce que l'obfervation qui marche d'un pas lent
mais ferme, les renverfe fucceffivement les uns fur les autres. Alors
on verra l'Architeéte infortuné paffer tout fon tems à protéger &
à défendre la créature de fon imagination : femblable à cet infeéte
qui habite au centre d'une toile formée de fa fubftance , toujours
prêt à acourir au moindre ébranlement de fes frêles tiffus, & toujours
occupé à les renouveller fans jamais pouvoir les rendre plus folides.

On pourroit aifément confirmer par les faits ce qu'on vient
d'établir par le raifonnement. Il ne faut que parcourir les différens âges de la Philofophie pour fe convaincre qu'elle fut lumi-
neufe & féconde toutes les fois qu'elle joignit l'étude des phénomènes particuliers à la recherche des caufes générales ; & qu'elle
fut obfcure ou ftérile toutes les fois qu'elle fut cultivée exclufive-
ment par l'une ou l'autre de ces deux méthodes. On a vu la licence
des abftractions portée jufqu'à vouloir expliquer tout fans avoir
rien obfervé , jufqu'à attribuer une exiftence active & réelle aux
nombres , au tems , à l'efpace & à une infinité d'autres êtres mé-
taphyfiques & purement paffifs. On a vu par un excès contraire
certains Philofophes empiriques fe refufer à toute méthode intellectuelle , à toute voie d'analogie & de comparaifon , & n'admet-
tre pour certain que ce qui étoit immédiatement attefté par les
fens. Tant que ces erreurs oppofées ont été dominantes la fcience n'a fait & ne pouvoit faire aucun progrès , parce que fes
progrès , on ne peut trop le répéter , dépendent effentiellement
de la combinaifon des faits & des idées : fi elle doit aux faits
fa certitude & fa réalité , elle doit aux idées fa fécondité &
fa lumière : les faits font , fi l'on veut , le corps de la fcience ; mais les idées en font l'ame , & les fonctions de cette ame
ne fe bornent point à façonner & à difpofer les matériaux fournis par l'obfervation : fon influence s'étend encore jufque fur l'obfervation même. L'un de fes plus nobles emplois eft de lui fervir de guide dans le labyrinthe des phénomènes , de mettre de la
fuite & des vues dans fes travaux , de l'ordre & de la liaifon
dans fes découvertes , de donner par ces moyens une affiette plus
ferme aux fondemens de l'édifice , & de contribuer à fa folidi-

té , autant qu'elle contribue à fon embelliffement & à fa grandeur.

Il eft donc un art d'obferver , & cet art fi intéreffant n'eft qu'une application de l'art de penfer. Arrêtons un moment nos regards fur fes principes généraux , tâchons d'en développer l'efprit , & de le reconnoître dans les démarches des Obfervateurs célèbres : plus nous aurons approfondi la méthode qui les a guidés dans leurs recherches , plus nous ferons en état de profiter de leurs découvertes & d'afpirer à leurs fuccès.

Le premier objet qui fe préfente à obferver , celui qu'il nous importe le plus de bien connoître , c'eft nous-mêmes. Cette efpèce d'obfervation intérieure doit précéder toute autre obfervation , & peut feule nous rendre capables de juger fainement des êtres qui font hors de nous. En effet nous ne connoiffons point immédiatement ces êtres , nous ne pourrons jamais pénétrer leur nature intime & leur effence réelle , les idées que nous en avons fe terminent à leurs furfaces , & même , à parler rigoureufement , nous n'appercevons point ces furfaces , mais feulement les impreffions qu'elles font fur nos organes. Toutes ces vérités font certaines pour quiconque fait refléchir , & s'il eft abfurde à l'Egoïfte d'en conclure qu'il exifte feul ; de fuppofer que ce qu'on appelle les objets extérieurs ne font autre chofe que fes différentes manières de voir , & n'ont aucune réalité hors de lui ; de fe perfuader que les limites de fon être font celles de la nature , & de vouloir ainfi réduire l'univers aux dimenfions d'un atôme ; il eft raifonnable auffi d'avouer que la manière dont nous connoiffons notre exiftence eft très-différente de celle dont nous connoiffons toute autre exiftence : la première eft une confcience intime , un fentiment profond , la feconde eft une conféquence déduite de cette vérité pre-

mière : la certitude eft égale des deux côtés ; mais la preuve n'eft
pas la même : dans le premier cas, c'eft une lumière directe immédiatement préfente à notre ame, dans le fecond c'eft une lumière réfléchie par les objets extérieurs & modifiée par nos fens :
car nos fens font la feule voie par laquelle nous puiffions communiquer avec la nature : c'eft un milieu interpofé entre notre ame
& le monde phyfique ; milieu à travers lequel paffent néceffairement les images des chofes, ou plutôt les ombres projettées par
les chofes fur notre fens intérieur. Il faut donc avant tout travailler à épurer ce milieu, & à écarter tout ce qui pourroit altérer
ces images primitives & les teindre de couleurs étrangères : ou
du moins il faut fe mettre en état de reconnoître & même de
rectifier les altérations qu'elles fubiffent à leur paffage.

Nous aurons fait un grand pas vers la vérité, lorfque nous fau-
rons la faire paffer dans notre ame auffi pure qu'elle eft dans les
objets ; lorfque l'univers intelligible fera devenu l'eftampe exacte,
quoique foible, de l'univers réel ; en un mot lorfque nous aurons
rendu nos fens des témoins fidèles & incorruptibles de l'exiftence & des propriétés rélatives des êtres. Malheureufement cette
entreprife n'eft pas moins difficile qu'elle eft importante ; peut-
être même eft-elle au-deffus des efforts humains ; mais s'il ne nous
a pas été donné d'atteindre le but, au moins eft-il permis d'en
approcher ; & le feul moyen d'en approcher en effet, c'eft d'obferver profondément celles de nos facultés qui ont rapport avec
les objets extérieurs, & de comparer attentivement la différence
des impreffions avec la différence des organes, & avec les différens
états du même organe : c'eft d'augmenter l'activité de ces facultés
& de fuppléer à leur foibleffe par des inftrumens & des fecours de

tout genre : c'eft de diftinguer nettement leurs objets & leurs fonctions, de rapporter à chacune les connoiffances qui lui font propres,
de démêler toutes les correfpondances qui s'établiffent comme d'elles-mêmes entre des fenfations différentes , & d'employer ces correfpondances à aider & corriger les fens par les fens : c'eft de dif-
cerner dans nos erreurs ce qui appartient au vice de l'organe, & ce
qui appartient au vice du raifonnement ou des inftrumens , de tirer
des lumières de ces erreurs mêmes en recherchant leur origine &
leur caufe, & de bien comprendre qu'un fens unique & qui réfideroit
dans un feul organe , ne pourroit être un fens trompeur ; c'eft enfin d'empêcher que les impreffions fidèlement tranfmifes à notre entendement n'y foient défigurées par les fpectres intérieurs du Préjugé mille fois plus à craindre que toutes les illufions de nos fens.

Le Préjugé eft le plus grand ennemi de la vérité , & par con-
féquent de l'homme , puifque l'homme ne peut fe rendre heureux
que par la connoiffance de la vérité. Cet ennemi nous obfède dès
notre naiffance , ou plutôt il femble être né avec nous : à peine
notre paupière commence à s'ouvrir , qu'il nous enveloppe de
fes ombres , fon murmure confus eft le premier bruit qui frappe
nos oreilles , & nos premiers regards font fouillés par l'erreur.
A mefure que nos facultés fe développent , le Préjugé fe les
affujettit & fe fortifie avec elles : non-feulement il falfifie le
témoignage de nos fens , il obfcurcit encore les foibles lueurs
de notre raifon. L'éducation , l'exemple , toute communication
avec les autres hommes , lui fervent fouvent de moyens pour
accroître & perpétuer fa contagion : quelquefois il fe fait la guer-
re à lui-même pour triompher de nous plus fûrement ; il n'eft
point de formes qu'il ne prenne pour nous fubjuguer ou pour nous

féduire, & jamais il n'eſt plus terrible que lorſqu'il ſe produit ſous des dehors reſpeétés. Cependant il nuit encore moins à la vérité par les menſonges qu'il accrédite, que par le vice qu'il introduit dans la méthode de raiſonner.

Si le Préjugé n'offroit que des menſonges, & ſur-tout s'il ne les offroit que lorſque la raiſon eſt formée, ſes venins trop groſſiers ou trop tardifs ſeroient moins dangereux ; mais comme il eſt identifié, pour ainſi dire, avec les premiers germes de nos connoiſſances, comme il nous préſente ſans ceſſe le vrai & le faux mêlés confuſément & dépouillés de leurs caraétères diſtinétifs, il trouble nos idées, il corrompt notre diſcernement, il nous fait recevoir comme vérités innées des erreurs plus anciennes en nous que notre raiſon même, & les meſures intellectuelles ſont altérées dans leur principe ; mais quand ces meſures ne ſeroient point altérées, l'application en ſeroit encore très-difficile, par ce qu'elle ſuppoſeroit un examen férieux, & que toute voie d'examen eſt ce qui révolte le plus l'orgueil du Préjugé.

C'eſt cependant à réprimer cet orgueil, & ſur-tout à diſſiper les illuſions dans leſquelles il nous retient engagés, que doit tendre l'étude de nous-mêmes ; mais envain ſe flatteroit-on d'en venir à bout par des moyens foibles & communs : le mal eſt invétéré, il faut un remède violent pour le vaincre, & ce remède c'eſt le doute méthodique ; c'eſt cette ignorance de convention par laquelle un Philoſophe s'élève au-deſſus de ſes opinions, que le vulgaire appelle ſes connoiſſances, afin de les juger toutes avec une fermeté éclairée, d'aſſigner à chacune ſon degré précis de probabilité, de rejetter toutes celles qui ne ſont point fondées, & de s'attacher inviolablement à la vérité mieux connue. Ce doute eſt appellé méthodique

dique, parce qu'il fuppofe une méthode sûre de diftinguer l'obf-
cur de l'évident, le faux du vrai & même le vrai du vrai-fem-
blable : il ne fufpend notre jugement que lorfque la lumière vient
à nous manquer : il diffère effentiellement du Pyrrhonifme qui
n'eft autre chofe que le défefpoir d'un efprit foible qui a fu fe dé-
fabufer de fes préjugés, mais qui n'ayant pas le courage de
chercher la vérité, fait de vains efforts pour l'anéantir. Le
doute philofophique eft au contraire le premier effort d'une ame
généreufe qui veut fecouer le joug de l'erreur : c'eft le premier
pas qu'il faut faire pour arriver à la certitude, & il n'eft pas moins
oppofé à l'aveugle indécifion du Pyrrhonien qu'à l'aveugle témérité du Dogmatique. C'eft moins un doute réel qu'un examen
après coup par lequel la raifon rentre dans fes droits, & fe prépare
à la vérité en fe dégageant des entraves de l'opinion. Cet examen eft
pénible, il a même quelque chofe de trifte, parce qu'il y a des
erreurs agréables aufquelles notre ame ne s'arrache qu'avec vio-
lence, & parce qu'il n'en eft aucune dont l'aveu n'afflige notre
vanité ; mais ces peines ne font que paffagères, elles font tem-
pérées par cette fatisfaction intérieure qui accompagne toutes les
actions fortes, & l'on en eft amplement dédomagé par les joyes
pures & intimes que l'ame goûte au fein de la vérité.

La méthode que nous indiquons n'eft point nouvelle ; mais elle
eft fi importante en elle-même, & d'ailleurs fi contraire aux pen-
chans de l'efprit humain, qu'on ne peut la préfenter trop fouvent aux
hommes. Si la plufpart des Philofophes en ont fenti l'avantage, il
en eft peu qui l'ayent employée heureufement. Ariftote & Defcartes l'établiffent comme le fondement de toute Philofophie ;
mais fi ces grands hommes en euffent fait une jufte applica-

c

tion à leurs propres fyftêmes , l'inventeur de la Logique n'eût point terni la gloire de fon invention par l'abus qu'il en fit dans les Sciences Phyfiques ; le créateur des Tourbillons eût fenti combien les idées innées font infuffifantes pour reconnoître le faux d'une hypothèfe ; & tous les deux , loin de vouloir foumettre la nature à leurs principes , auroient tâché de rectifier leurs principes par l'obfervation de la nature. L'art de douter n'appartient à la Philofophie qu'autant qu'il conduit à l'art de fe bien déterminer , & celui-ci confifte à ne s'éloigner du doute que lors qu'on eft entraîné par la conviction. C'eft pour avoir négligé cette maxime fondamentale que les Philofophes accréditèrent fouvent plus de préjugés qu'ils ne purent en détruire , & qu'ils prononcèrent fi hardiment fur l'effence abfolue des chofes , fur la conformité ou la non-conformité des objets extérieurs avec les fenfations qu'ils excitent , fur les forces de la nature , fur les fins qu'elle fe propofe , fur l'unité ou la diverfité de loi qu'elle fuit dans les différentes combinaifons de la matière , & fur une infinité d'autres queftions infolubles ou par elles-mêmes , ou relativement à l'état actuel de la fcience humaine. Le doute méthodique ne nous guérit pas feulement des erreurs populaires , il nous munit encore contre les préjugés philofophiques, & c'eft par ces moyens qu'il nous difpofe à l'étude de la vérité , & qu'il nous met en état de la découvrir dans l'obfervation des objets qui nous environnent.

Ces objets peuvent être confidérés fous deux points de vue généraux : l'homme placé , pour ainfi dire , entre le monde moral & l'univers phyfique appartient également à l'un & à l'autre , & a un très-grand intérêt à s'inftruire des loix qui les régiffent tous deux. S'il lui eft indifpenfable d'approfondir les conventions & les devoirs qui le lient avec les êtres intelligens, il lui eft auffi très-important d'étudier les rapports par lefquels il tient aux natures matérielles. Ces deux objets rempliffent toute la fphère de fes connoiffances réelles : le premier eft plus grand, plus relevé : il fe rapporte à la partie la plus noble de notre être : il a pour but le commerce de l'efprit avec l'efprit & la découverte de ces refforts efficaces & fubtils qui font mouvoir les agens libres : il affure le bonheur des Sociétés en faifant connoître à chaque membre combien il lui eft avantageux de remplir tous les engagemens de l'autorité ou de la dépendance. Le fecond objet, c'eft-à-dire, l'étude de l'univers phyfique, eft moins fublime, mais elle eft effentielle à notre confervation & à notre bien-être, elle confifte à obferver les rapports des corps entr'eux & avec nous-mêmes, à faifir les loix que fuivent ces agens néceffaires dans leurs divers mouvemens, & à trouver les moyens de diriger leurs forces, & de vaincre ou d'employer leur réfiftance. D'ailleurs elle ne fe borne pas uniquement à la matière, puifqu'en foumettant en quelque façon l'univers à l'homme, elle tend à rétablir l'empire de l'efprit fur la matière.

Il feroit fans doute très-intéreffant de comparer enfemble les grands réfultats de ces deux genres d'obfervation, de les raffembler dans un même tableau, de faire contrafter leurs différences, & fur-tout de développer les entrelacemens fecrets du nœud qui les unit : mais cette entreprife feroit pleine de difficultés & d'écueils, & nous avouons fans peine qu'elle eft au-deffus de nos forces : c'eft pourquoi dans la fuite de nos réflexions fur l'art d'obferver, nous perdrons entièrement de vue l'ordre moral, & nous nous renfermerons dans le feul objet phyfique, d'autant plus que cet objet a une liaifon néceffaire avec le plan de la *Collection Aca-*

démique dont nous allons bientôt rendre compte.

L'utilité du genre humain eſt le but principal que doit ſe pro-
poſer un Obſervateur : il doit ſans ceſſe joindre les vues du ci-
toyen aux vues du Philoſophe , ou plutôt il doit ſe montrer vé-
ritablement animé de l'eſprit de la Philoſophie : car la vraie Philoſophie n'eſt point une ſimple curioſité des ſecrets de la nature , une
paſſion ſtérile pour toute ſorte de vérités : elle ne cherche la vérité , elle ne contemple la nature que pour appliquer l'une & l'autre à nos beſoins. Son objet immédiat eſt de perfeɛtionner notre
ame , de nous inſtruire de nos vrais intérêts , de nous éclairer ſur
la valeur des choſes ainſi que ſur leur nature , ſur leurs uſages ainſi
que ſur leurs propriétés , & de nous preſcrire l'emploi le plus
avantageux de toutes ces connoiſſances : on pourroit la définir
en général , l'art par lequel un être intelligent & ſenſible fait ſer-
vir toute la nature à ſon bonheur & à celui de ſes ſemblables. Le
premier devoir de l'Obſervateur eſt d'entrer dans les mêmes vues
& d'y concourir par ſes travaux : le bien qu'il aura fait aux hommes , & non la ſeule difficulté vaincue , ſera la meſure de l'eſti-
me qu'il pourra prétendre. Moins les arts néceſſaires ſont brillans ,
plus ils ſont dignes de ſon attention : les malheureux qui les cul-
tivent à la ſueur de leur front ſont reſpeɛtables dans leur miſère ,
& le ſage qui conſacre ſes lumières & ſes talens à les perfeɛtionner mérite des ſtatues.

Au reſte , ſi l'on doit préférer les recherches dont l'utilité eſt
le plus apparente , on ne doit pas négliger entiérement celles qui
ſemblent n'être que de pure curioſité. Tous les faits de la nature
ſont liés par une infinité de rapports qui nous échappent ou qui
ne ſe montrent que ſucceſſivement. La perte d'un ſeul de ces faits

eſt une perte pour la Philoſophie. Combien d'obſervations
ſtériles en elles - mêmes & frivoles en apparence ont ſervi
de paſſage & de degrés à des obſervations importantes ? Les
Anciens ne connurent dans l'aimant que ſa proprieté d'attirer
& de repouſſer le fer , & peut-être celle de communiquer à ce
métal la même vertu d'attraction & de répulſion. Les Modernes
voulant approfondir ces propriétés ſingulières , en découvrirent
une autre plus ſurprenante encore , celle de ſe diriger conſtam-
ment vers une certaine région du ciel ; & cette découverte
devint l'époque d'un nouvel ordre de choſes : elle ouvrit les routes d'un monde nouveau & changea la face de l'ancien. Tandis que toute l'Europe s'étonnoit ou s'amuſoit de l'électricité , un
Quacker d'Amérique * vit qu'on pouvoit l'employer à faire
deſcendre le feu du ciel , à ſoumettre la matière de la foudre à
nos expériences , & à reconnoître la connexion , & peut-être l'i-
dentité de ces trois grands phénomènes : le Tonerre, le Magné-

---

* Benjamin Franklin Quacker de Penſylvanie a le premier conclu par une induction bien raiſonnée que la matière électrique & celle du tonerre étoient la
même matière : il a indiqué le procédé par lequel on pouvoit vérifier cette induction , & il la confirmoit par le fait même à Philadelphie , dans le tems à peu près
que M. Dalibard ſon Traducteur , faiſoit la même expérience à Marly la Ville
d'après les vues du Quacker. Il eſt avéré par le ſuccès de ces deux expériences
ſouvent répétées depuis , que le tonerre n'eſt qu'un phénomène d'électricité. Dans
les mêmes Lettres où M. Franklin rend compte de cette découverte , on trouve
encore pluſieurs autres obſervations conſidérables , notamment ſur la différence de
l'électricité vitrée & de la réſineuſe (obſervations qui s'accordent avec les idées
de M. du Fay ,) ſur les diverſes couleurs imprimées par l'électricité à différens mé-
taux , ſur ſon impuiſſance à augmenter l'élaſticité de l'air , ſur la diſtinction des
corps qu'il appelle *Conducteurs* d'électricité & de ceux qui ne ſont point *Conducteurs* ,
enfin ſur le pouvoir qu'il a reconnu dans l'électricité de changer les poles d'une aiguille aimantée , & de donner la direction polaire à une aiguille non aimantée , &c.
Le même Auteur a auſſi déduit les phénomènes de l'Aurore Boréale de ceux de l'é-
lectricité , & il ſeroit à ſouhaiter que quelque Phyſicien du Nord entreprît d'éprou-
ver par l'obſervation cette conjecture qui paroit aſſez vrai-ſemblable.

Voy. *Les Lettres de M. Franklin ſur l'électricité.*

tifme & l'Aurore Boréale. Concluons donc que s'il faut cultiver
les différentes branches de l'obfervation dans l'ordre de leur utilité, il ne faut jamais abandonner totalement celles dont l'utilité
n'eft point encore connue ni même foupçonnée.

Ce ne font pas toujours les faits rares & finguliers, foit dans les
individus foit dans les efpèces, qu'il nous importe le plus d'obferver:
ces faits font les plus intéreffans pour la multitude toujours avi-
de du merveilleux & du nouveau: quelquefois même ils peuvent éclairer les Philofophes, & leur fournir de ces obfervations
exclufives qui font d'un fi grand ufage dans la recherche des caufes particulières: ainfi les fingularités obfervées dans la multipli-
cation des pucerons & des polypes d'eau-douce, dans la végéta-
tion des champignons & des truffes, nous ont appris combien la
nature eft féconde en reffources pour opérer-le dévelopement, &
la reproduction des êtres organifés: ainfi l'on a vu quelques points
de l'économie animale & végétale éclaircis par des monftruofités
& par d'autres accidens individuels. Cependant on conviendra faci-
lement que ce n'eft point en examinant uniquement les polypes &
les champignons que l'on pourra parvenir à connoître la nature des
animaux & des végétaux, & que ce n'eft point en étudiant uniquement les monftres qu'on pourra découvrir les loix générales de l'u-
nivers. Les plus générales de ces loix ne fouffrent aucune exception;
elles s'étendent à tous les effets; mais les effets finguliers ne font
que la plus petite partie des objets qu'elles embraffent: ce font
au contraire les phénomènes les plus fréquens & l'ordre de leurs rapports qui font la bafe de ces loix: fi donc on fe propofe de parvenir
aux caufes générales, on doit s'attacher principalement à obferver
les phénomènes généraux, à les mefurer, à les comparer: c'eft par

cette voye qu'un Phyficien moderne s'eft élevé à la théorie de la gravitation univerfelle de la matière , & c'eft la feule voie qui conduife aux grandes vérités. D'ailleurs il eft indifpenfable de connoître la marche conftante & la fucceffion régulière des phénomènes qui fe répétent le plus fouvent, fi l'on veut diftinguer ce qui eft prodige de ce qui ne l'eft pas , & faire un ufage philofophique des faits extraordinaires. Ces faits que certains Philofophes regardent avec le vulgaire comme des écarts de la nature ont leurs limites & leur règle : nous ne croyons voir du défordre dans l'univers que parce que nous avons des idées incomplètes de l'ordre total & des grandes périodes de la nature. Un monftre , un prodige en Phyfique n'eft qu'un phénomène dont les caufes font moins connues , & les retours plus éloignés. L'Obfervateur ne doit point détourner la vue des faits de cette efpèce ; il doit au contraire s'en occuper pour diffiper le merveilleux qui les obfcurcit , pour y découvrir autant qu'il eft poffible l'empreinte des caufes générales , & furtout pour fe mettre en état de les imiter, & d'enrichir les arts des prodiges de la nature : mais quand ces prodiges demeureroient inexplicables , quand nous ne pourrions en appercevoir ni les caufes ni les ufages , il feroit encore téméraire de les regarder comme des erreurs, ou de fuppofer quelque obftacle phyfique affez puiffant pour arrêter , ou pour modifier l'action de la nature : car toute erreur fuppofe un plan , & nous ne pouvons connoître le plan général que par fon exécution dont ces prétendus prodiges font partie: d'ailleurs quel être , quelle force pourroit réfifter à la nature qui n'eft autre chofe , phyfiquement parlant , que l'enfemble de tous les êtres & le réfultat de toutes les forces ?

Il n'eft donc point de phénomène extraordinaire qui ne tienne
par des liens fecrets au fyftême total. Les effets généraux font
les centres divers où fe réuniffent toutes ces chaînes invifibles ,
& c'eft en obfervant ces effets , c'eft en les généralifant encore
que nous pourrons réduire à l'unité l'infinie diverfité des appa-
rences , & nous approcher par degrés de ce *phénomène central* *
qui , s'il exifte , renferme toutes les puiffances de la nature & des
arts , & qu'il feroit encore avantageux de chercher , quand même il n'exifteroit pas.

Mais nous ne pouvons nous promettre de fi grands fuccès de
l'obfervation générale qu'autant qu'elle fera fondée fur des obfervations particulières faites avec méthode ; cette méthode ne confifte pas feulement à rectifier les facultés de l'efprit & du corps ,
à s'approcher des objets avec des mefures exactes,des fens exercés,
un entendement fain : tous ces moyens font fans doute d'un grand
ufage ; mais il faut les appliquer à leur véritable objet. Si l'on fe
contentoit d'examiner la furface , les dimenfions , la ftructure , la
pofition , les reffemblances & tous les rapports inactifs des êtres ,
fi même on s'en tenoit aux fimples réfultats de leurs propriétés actives , fans faire attention à la fucceffion des effets qui pré-
parent & qui amènent ces réfultats , en un mot , fi l'on fe bornoit
à obferver la nature en repos , on ne la connoîtroit que très-im-
parfaitement : le repos de la nature n'eft que l'immobilité d'un
million de refforts tendus , n'eft qu'un équilibre forcé entre une
multitude de puiffances contraires. Toutes les parties de la matière exercent un effort continuel & réciproque les unes contre

*V. l'idée du *Phénomène central*, expofée d'unemanière auffi ingénieufe que philofophique dans l'Ouvrage profond intitulé : *Penfées fur l'Interprétation de la Nature*, *Art.* 46.

les

les autres, & nous n'en connoiſſons aucune que par l'a&ion qu'elle exerce ſur nos organes : l'étendue & toute autre propriété n'appartient donc pas plus univerſellement à la matière que ce principe a&if qui lie toutes ſes parties : c'eſt de ce principe que dépendent les grandes phaſes de l'univers, l'inſtabilité des ſyſtêmes particuliers qui le compoſent, & les limites mêmes de cette inſtabilité : il agit évidemment ſur les individus & ſur les petites portions de matière ; on ignore les périodes de ſon a&ion ſur les eſpèces entières & ſur les grandes maſſes ; mais peut-être ſommes-nous ſouvent injuſtes à l'égard des Anciens en leur imputant autant d'erreurs qu'il ſe trouve de différences entre leurs obſervations & les nôtres. Si donc nous voulons connoître la nature, il faut l'obſerver en mouvement & dans toute la complication de ſon mouvement ; il faut dans chaque phénomène démêler, autant qu'il eſt poſſible, toutes les forces conſpirantes ou contraires, meſurer leurs effets particuliers & déterminer leur degré d'influence ſur l'effet total. On poſſède une démonſtration mathématique lorſque l'œil de l'eſprit voit cette trace de lumière qui joint le principe aux conſéquences, & qui va s'affoibliſſant par degrés depuis l'axiôme évident juſqu'à la vérité démontrée ; mais pour connoître parfaitement un phénomène, il faudroit non-ſeulement obſerver la ſuite, la gradation, la continuité des changemens qui conſtituent ce phénomène, mais encore embraſſer le ſyſtême complet de toutes les cauſes prochaines ou éloignées, principales ou accidentelles, & remarquer dans tous les cas l'ordre & l'effet de leurs combinaiſons diverſes & de leurs variations ſucceſſives. Il n'eſt point de phénomène ſolitaire, indépendant, iſolé : il n'en eſt point qui ne tienne à l'économie générale de l'univers. Le fait le plus fimple en apparence eft compliqué de toutes les forces de la nature , renferme toutes fes profondeurs , & c'eft envain que l'on prétendroît fe former une idée complète de la plus petite partie , fans avoir au moins une notion générale du tout enfemble.

Le monde phyfique confidéré fous ce point de vue offre un vafte fpeftacle où le vulgaire étonné ne voit rien : ceux-mêmes qui ont penfé , mais qui n'ont pas penfé affez profondément ne peuvent fe le repréfenter que comme une mer immenfe agitée par les vagues d'une tempête univerfelle , & comme le théatre d'un combat général de tous les êtres contre tous les êtres ; mais le grand Obfervateur découvre dans ce cahos même & cette confufion l'ordre , le calme & l'harmonie : l'univers paroît à fes yeux comme un tout régulier qui prend fucceffivement , ainfi que chacune de fes parties , toutes les formes , toutes les fituations qui réfultent de l'aftion réciproque des forces : il voit toutes ces forces fe balancer fuivant des loix invariables : il apperçoit dans leur contrariété même le principe de l'unité de la nature , la caufe de l'uniformité de fon aftion , l'origine de la variété de fes ouvrages , la raifon de fes alternatives de mouvement & de repos. En comparant & les formes coexiftentes & les formes fucceffives , il parvient à déterminer les périodes des grands changemens : il s'élève de l'obfervation de l'état aftuel aux probabilités des états antérieurs & des états futurs , & il reconnoît parmi toutes les révolutions poffibles celles qui font liées avec la conftitution préfente : fes découvertes annoncent le génie & fes écrits refpirent la bonne foi : il peint la nature telle qu'il l'a vue , c'eft-à-dire , fimple & fublime : uniquement occupé de la vérité & du foin de la conferver pure , il diftingue exaftement fes doutes de fes conjeftures , fes

conjectures de fes opinions , & fes opinions de la certitude : non-
feulement il fait part aux hommes du réfultat de fes recherches ,
mais en revenant avec eux fur fes pas , & leur développant l'efprit de fa méthode , il leur fert en même-tems de guide & de mo-
dèle, il leur ouvre les routes de l'invention , & il les approche, autant qu'il eft en lui , du fanctuaire où la nature forme en fecret la
trame inaltérable des effets & des caufes.

Tel eft le but qu'on doit fe propofer dans l'obfervation , tels
font les moyens qu'on doit mettre en ufage pour y parvenir , tels
font les plus grands fuccès qu'on puiffe efpérer. Les avantages
d'une obfervation bien conduite font inépuifables ; pour les apprécier il faudroit mefurer l'infini , puifqu'ils dépendent de tous les
rapports que chaque phénomène peut avoir avec tous les autres
phénomènes & avec toutes leurs combinaifons poffibles. Le véritable objet de la Phyfique eft de travailler fans relâche à tirer
ces avantages des tréfors de la nature , & c'eft auffi à quoi fe font
attachés particulièrement les vrais Phyficiens de tous les pays , de
tous les âges , & fur tous ceux qui ont éclairé l'Europe depuis le
renouvellement des fciences. Le Chancellier Bacon , qui doit être
regardé comme le premier auteur de cette grande révolution , la
prépara en avertiffant les hommes qu'ils s'occupoient trop de l'art
de difputer , & trop peu de celui d'obferver. Il l'auroit achevée
fans doute s'il eût juftifié par des fuccès frappans l'excellence de
fa méthode. Il faut pour entraîner le vulgaire & même le vulgaire favant , parler aux fens ou à l'imagination ; il faut le convaincre par des faits ou l'éblouir par des hypothèfes. Bacon ne
l'ignoroit pas : perfonne ne connut mieux que lui les foibleffes
de l'efprit humain , & l'art d'en tirer avantage ; mais il dédai-

gna de donner fon nom à une fecte nouvelle : il avoit conçu un projet bien plus grand, celui de rendre tous les Philofophes difciples de la vérité : il commença par détruire toutes les *Idoles* * de l'erreur , par indiquer à l'homme la jufte étendue & le meilleur emploi de fon pouvoir fur la nature & fur lui-même. Enfuite il pofa les fondemens du grand édifice qu'il projettoit , il traça le plan fur lequel il devoit être conftruit : il apprit aux Phyficiens à ne point s'oublier dans les détails minutieux , à ne point fe perdre dans les généralités vagues : il leur fit voir le champ des grandes découvertes fitué entre ces deux extrêmes : il leur en fraya la route par une Logique active & féconde qui ne s'occupe que des chofes , qui ne procède que par induction , qui ne raifonne que d'après les faits , qui ne démontre que par l'expérience , & dont le but eft d'élever l'homme à ce haut degré de connoiffance d'où il apperçoit les formes les plus générales des êtres , les *moyens* de combiner habilement ces formes , & d'en tirer une multitude d'inventions grandes & utiles **. Ses ouvrages trop fortement raifonnés pour fon fiècle n'eurent pas d'abord toute la célébrité qu'ils méritoient ; mais leur réputation s'eft accrue depuis à mefure que les fciences ont fait des progrès , & ces progrès ont été plus ou moins rapides fuivant qu'on s'eft conformé avec plus ou moins d'exactitude aux vues de ce grand homme.

Tandis que Bacon traçoit la route qui conduit à la vérité, Galilée y marchoit à grand pas : il encourageoit par fes exemples ceux que le Philofophe Anglois avoit avertis par fes difcours : il fut affez pénétrant pour comprendre que la chute des corps pe-

---

* Tout le monde fait ce qu'entendoit Bacon par ces mots : *Idola fpecûs* , *Idola tribûs* , *Idola fori* , *Idola theatri* : Voy. *novum organum.* Aph. 38. & feqq.

** Voy. *les ouvrages du Chancellier Bacon.*

fans étoit foumife à des loix conftantes , il rechercha , il découvrit ces loix , qui généralifées dans la fuite par Newton ont expli-
qué l'univers : il conquit à la Philofophie un nouvel univers à l'ai-
de de ces merveilleux inftrumens , dont l'effet eft de rendre vi-
fibles les corps que leur énorme diftance ou leur exceffive pe-
titeffe dérobe à nos regards : il retrouva la théorie & la conftru-
ction de ces inftrumens , & il en fit un ufage admirable : le ciel
parut s'étendre devant lui & la terre fe peupler de nouvelles ef-
péces ; mais il ne fe borna point à faire de grandes découvertes ,
il préféra fouvent la gloire d'en tirer de grands avantages pour le
genre humain. Dans cette vue il obferva pendant vingt-fept ans
les nouveaux aftres qu'il avoit apperçus autour de la planète de
Jupiter ; il dreffa des tables exaɕtes de leur mouvement afin de perfectionner les Longitudes, & par les Longitudes la Géographie & la
Navigation. Ses expériences fur la pefanteur de l'air conduifirent
Torricelli à expliquer par la preffion de l'atmofphère la fufpenfion
du mercure dans le vuide , & donnèrent naiffance à une Phyfique
toute nouvelle : fes obfervations fur les propriétés du pendule mi-
rent les Aftronomes & tous les Phyficiens en état de mefurer le
tems avec la dernière précifion , de déterminer les variations de la
pefanteur dans différens climats , & d'en déduire la véritable figure
de la terre : en un mot, non-feulement Galilée découvrit beaucoup,
mais il acquit des droits évidens fur un grand nombre de découvertes qui fe font faites après lui ; & quoiqu'il n'ait jamais entrepris
d'expofer le plan de fa méthode , l'efprit philofophique qui perce
dans tous fes écrits , * fur-tout la grandeur & la fécondité de fes

---

* Voyez les *Ouvrages de Galilée*, & *fa Vie* écrite par *Viviani*. On y trouve que
Galilée regardoit l'*obfervation* & l'*expérience* comme les deux clefs de la Philofophie

inventions ne permettent pas de douter qu'il ne joignît à beaucoup de génie les vues les plus faines fur l'étude des fciences naturelles : en effet le génie inventeur est-il autre chose qu'une méthode innée & fublime de pénétrer l'action, d'employer les forces & de peindre les effets de la nature.

Defcartes avoit parcouru en Philofophe l'Italie & l'Angleterre, lorfqu'il commença à méditer : il étoit inftruit de l'état des fciences en Europe, il connoissoit Bacon & Galilée, & s'il ne s'avoua point leur difciple, c'est qu'il fe fentit affez de force pour être leur rival. Il débuta par fa Méthode, ouvrage d'une profonde réflexion, qui porta le coup mortel à ce qu'on appelloit alors la Philofophie des Anciens, & qui n'eût pas été moins fatal au Cartéfianifme naiffant, pour peu que Defcartes fe fût jugé lui-même par fes propres principes. Mais fi ce flambleau ne lui fit pas découvrir pleinement la vérité, il lui fervit au moins à dévoiler les erreurs de la Scholaftique, & à en faire connoître le vuide & le ridicule. Toutes les perfonnes qui joignoient le difcernement à la bonne foi furent défabufées ; mais comme l'efprit humain n'eft guère capable de fe contenir dans l'incertitude & d'attendre la vérité, prefque tout le monde faifit avidement les hypothèfes que Defcartes fubftitua aux préjugés de l'Ecole. Ces hypothèfes étoient neuves & hardies, la fupériorité de leur Auteur en Geométrie & en Métaphyfique leur donnoit du poids : d'ailleurs elles fembloient

---

naturelle. Cependant il étoit l'un des plus grands Géomètres de fon tems, & l'un des plus zélés admirateurs de la Géométrie ; quelques-uns le font auteur de *la Méthode des Indivifibles*, fon premier projet fut, dit-on, d'expofer lui-même les principes de cette méthode ; mais détourné par d'autres foins il fe repofa de celui-ci fur le P. Cavalieri fon difciple. (*Voy. la Préface qui eft à la tête des* LEZZIONI ACCADÉMICHE D'EV. TORRICELLI.) Ce fait a d'autant plus de vrai-femblance que Cavalieri paroit n'avoir pas connu toute la force & toute l'étendue de cette *Méthode des Indivifibles.*

rendre raifon du méchanifme général de l'univers , & fatisfaire affez bien à tout ce qu'on favoit des loix de la nature : elles ne pouvoient donc manquer d'être adoptées par tous ceux qui n'avoient aucun intérêt à les combattre , & fi elles éprouvèrent quelques contradictions, ce fut moins parce qu'elles étoient fauffes , que parce qu'elles choquoient des opinions établies. Elles s'établirent elles-mêmes dans la fuite & devinrent à leur tour un obftacle à la vérité & une fource de querelles injuftes. L'empire de la vérité eft toujours paifible , parce que toutes les vérités font amies , & qu'une vérité nouvelle appartenant également à tous les hommes fe mêle fans bruit & fans effort à la maffe des vérités anciennes : mais l'empire de l'opinion eft agité par des guerres & des hoftilités continuelles , parce que chaque opinion étant propre à celui qui l'a imaginée porte fon empreinte particulière , c'eft-à-dire , celle de l'incertitude ou de l'erreur , & que fouvent toutes ces opinions font plus incompatibles encore & plus difcordantes entr'elles qu'elles ne le font avec la vérité.

Celles de Defcartes étoient des erreurs , mais c'étoient les erreurs d'un grand homme ; on voit avec quelque regret que l'obfervation ne les ait point confirmées , & l'on ne peut douter qu'elles n'ayent contribué au renouvellement de la fcience plus que toutes les découvertes des autres Phyficiens & de Defcartes lui-même. Le Chancellier Bacon avoit donné le premier la vraie méthode , & une méthode bien fupérieure à celle du Philofophe François ; mais uniquement occupé du foin de trouver l'art , il laiffa à ceux qui devoient venir après lui la gloire d'en faire l'application. Defcartes ne fe contenta pas de profcrire l'erreur ancienne , & de mettre les hommes dans le chemin de la vérité ;

il leur préfenta encore des fyftèmes vrai-femblables qui furent préférés à des fyftêmes abfurdes , & de ce moment la fcience fut affranchie du joug de l'autorité. Cependant comme il eft rare qu'une révolution mette fubitement les chofes dans l'état où elles doivent refter, on dut s'égarer quelque-tems avec le nouveau Philofophe ; mais de fes fautes mêmes corrigées par fes principes , on vit éclore une multitude de vérités , & l'on comprit enfin que pour connoître la nature il falloit l'obferver d'après l'exemple de Galilée , ou d'après les vues de Defcartes , plutôt que de rechercher à travers l'obfcurité des tems & des commentaires ce qu'Ariftote ou Platon en avoient penfé. * Cette maxime fondamentale une fois admife, le génie philofophique fe répandit dans toute l'Europe & répandit en même-tems l'émulation & la lumière : il forma les Pafcal , les Boyle , les Torricelli , les Otton de Guerrike & une foule d'autres Obfervateurs ; il leur fit naître le deffein d'examiner, de répéter , de vérifier les obfervations de ceux qui les avoient précédés , & la révolution générale des fciences commença par le doute méthodique. Ces Obfervateurs s'étant ainfi familiarifés avec la nature firent bientôt une récolte abondante de découvertes qui leur étoient propres. Le même génie s'étendant de proche en proche entraîna les Souverains eux-mêmes , & leur infpira la noble envie de protéger les Sciences & de réunir les efforts de ceux qui les cultivoient. On vit auffitôt les Académies fe former de toutes parts : l'Italie , l'Angleterre , la France , l'Allemagne s'illuftrèrent prefqu'en même-tems par l'inftitution de ces Compagnies Savantes :

* Voyez la *Vie de Defcartes par Baillet* , *& les différens ouvrages de ce Philofophe:* confultez auffi dans les fources l'Hiftoire Littéraire & Philofophique du dernier fiécle.

ceux

ceux qui les compofoient encouragés par des récompenfes hono-
rables travaillèrent fans relâche à recueillir & à expliquer les faits
de la nature : l'art fe perfeétionna à mefure qu'il fut cultivé : enfin Newton parut , étonna l'univers , & l'éclaira d'un nouveau
jour : il purgea la Philofophie de tout ce que le Cartéfianifme y
avoit laiffé ou mis d'erreur & d'incertitude : il la ramena de la fpé-
culation des caufes poffibles à l'obfervation des effets réels : il pen-
fa que fi l'on connoiffoit bien l'enchaînement & la loi de tous les
phénomènes , on connoîtroit affez la nature ; il regarda les hypothèfes comme ces nuages voltigeans qu'amène un tourbillon , qu'un
foufle diffipe , & qui interceptent la lumière ou qui l'altèrent en
la réfléchiffant. Ces principes joints à de grandes vues , à une fa-
gacité prodigieufe & à un travail infatigable le conduifirent à des
découvertes également hautes & folides ; mais il ne fut pas moins
grand par la modération avec laquelle il combattit les conjeétures
des autres Philofophes , & par la retenue avec laquelle il expofa les
fiennes propres , que par la vigueur de raifonnement avec laquelle
il établit fes fublimes théories. *

Leibnitz & Mallebranche influèrent auffi beaucoup fur la révolution de la Philofophie : on doit même convenir qu'ils avoient
tout ce qu'il falloit pour en devenir les auteurs , & que peut-être
il ne leur manqua que d'avoir vécu avant Defcartes. Je n'examine
point ici le fond de la métaphyfique de ces deux hommes célèbres , & je prétends encore moins apprécier les reproches & les
éloges qu'on leur a prodigués à cet égard. Je confidère feulement
la trempe philofophique de leur efprit, l'importance des vérités

* Voyez les *Principes Phyfico-Mathématiques de la Philofophie naturelle , & l'Optique
de Newton.*

e

qu'ils ont découvertes , les moyens qu'ils nous ont fournis eux-
mêmes pour combattre leurs propres erreurs , & principalement
l'exemple qu'ils ont donné aux hommes de faire un libre ufage de
leur raifon. * Le grand point en Philofophie , c'eft que les hommes penfent d'après eux-mêmes. Ils pourront fortir quelquefois
de la bonne route ; mais les erreurs corrigeront les erreurs , &
lorfqu'aucune gêne ne captivera leurs opinions , ils ne pourront
fe réunir que dans la vérité.

Maintenant que nous jouiffons des travaux de ces reftaurateurs
de la fcience , & que nous marchons dans la carrière qu'ils nous
ont ouverte , rien ne feroit plus intéreffant & plus inftructif que
de remonter au terme d'où ils font partis , de porter même la vue
plus loin , & d'obferver en général par quels degrés les Nations
paffent de tems-en-tems des ténèbres à la lumière ; de remarquer
ce qui favorife & ce qui retarde cet heureux progrès ; de fuivre
les développemens de la Philofophie , l'enchaînement de fes révolutions , & l'ordre de fa marche fur la furface de la terre. Tous
ces points étant bien éclaircis fourniroient d'excellens mémoires
pour fervir à l'hiftoire de l'Efprit Humain : on y verroit les fciences & les opinons naître , fleurir , décliner , s'entrechoquer , fe
modifier réciproquement, changer de place , difparoître pour un
tems & reparoître avec plus d'éclat fuivant les diverfes combinaifons du moral & du phyfique. On y reconnoîtroit ce que peut
un feul homme fur tous les autres hommes , lors qu'étant né avec
une imagination forte , un génie ardent & un caractère opiniâ-
tre , il fe rencontre dans une conjoncture propre aux grands chan-

* Voyez les principes philofophiques de *Leibnitz* épars dans fes différens ouvrages , & ceux de *Mallebranche* raffemblés dans fa *Recherche de la Vérité*.

gemens. On y verroit encore combien la fupériorité de l'efprit & des lumières eft quelquefois impuiffante contre certains obfta-cles, & pourquoi Roger Bacon, * par exemple, cet homme qui

* Roger Bacon parut au treizième fiècle à peu-près dans le tems où les livres d'Ariftote traduits de l'Arabe, & adoptés par les Ordres Religieux qui fleuriffoient alors, firent fuccéder aux ténèbres de l'ignorance, les fauffes lueurs de la fchola-ftique. Bacon fentit de bonne heure tout ce qui manquoit à la nouvelle méthode d'étudier : il prévit le tort que feroit à la Philofophie le refpeét aveugle qu'on avoit pour une doétrine dont il connoiffoit le prix mieux que perfonne, mais qu'il voyoit miférablement défigurée par les Traduéteurs. Auffi ne faifoit-il pas difficulté de dire que s'il en eût été maître, il eût condamné au feu toutes ces méchantes tradu-étions où l'on ne retrouvoit ni Ariftote, ni la vérité : il ajoûtoit qu'on n'avoit ja-mais vu tant de Doéteurs en toutes facultés, tant de difciples empreffés de les entendre, un goût fi général pour l'étude, une fi grande fermentation dans les Lettres, & que cependant jamais l'ignorance & l'erreur n'avoient regné avec plus d'empire. Pour lui il découvrit par fes feules lumières la route qui conduit aux fo-lides connoiffances. Il avoit paffé fa première jeuneffe à Oxford, & s'y étoit appli-qué à l'étude raifonnée des Langues : il vint enfuite fe perfeétionner à Paris, qui étoit alors pour les Anglois lettrés ce que l'Egypte fut autrefois pour les Philofo-phes Grecs. De retour à Oxford avec le titre du Doéteur en Théologie, il entra dans l'Ordre des Francifcains, & s'y livra tout entier à fon goût pour la Phyfique. Il reconnut bientôt qu'il étoit encore plus fûr de fuivre les exemples d'Ariftote que fa doétrine. Comme cet ancien Philofophe, il étudia la nature dans la nature même, & il fit des progrès fi étonnans que fes Confrères ignorans ou jaloux le prirent pour un Magicien, & comme tel, lui firent effuyer une longue & cruelle perfécution. Le Moi-ne Bacon entreprit fon apologie & celle des Sciences Naturelles dans fon *Opus Majus* qu'il adreffa au Pape Clément IV. & où il s'efforça de prouver que ces fcien-ces faifoient, pour ainfi dire, partie de la Théologie, & qu'elles étoient abfolu-ment néceffaires aux Théologiens pour la parfaite intelligence de l'Ecriture-Sainte. Quoiqu'il en foit, il pouffa très-loin pour fon tems la Grammaire, la Théologie & même la Jurifprudence, la Géométrie, l'Aftronomie, la Perfpeétive théorique & pratique, & la Chymie : il faifoit un très grand cas de la Phyfique Expérimen-tale, & il compofa un Traité exprès pour en prouver l'excellence & même la né-ceffité. Dans tous fes écrits on trouve l'abondance, la force & la clarté qui annon-cent l'homme fupérieur & qui caraétérifent le grand maître. Il connut les miroirs qui brûlent à toute diftance, les lunettes d'approche, la poudre à canon, &c. il fut même l'Auteur de quelques-unes de ces inventions ; mais c'eft mal à-propos qu'on lui attribue celle des miroirs brûlans, puifque lui-même en fait honneur à un de fes contemporains, bon Géometre nommé Pierre de Maharn-Curia, & qu'il cite très-fouvent un ouvrage d'Euclide *De fpeculis comburentibus*. Il eft bien fingulier, pour le dire en paffant, qu'une découverte fi intéreffante & fi publique alors foit tombée dans l'oubli au point que plufieurs Savans l'ayent regardée comme impoffible, jufqu'au moment où M. de Buffon en a enfin démontré la poffibilité par le fait. Je ne crois pas que depuis l'impreffion on pût citer l'exemple d'un oubli femblable. A l'égard

joignoit au génie inventeur l'univerfalité des connoiffances & un peu d'enthoufiafme ne fit pas la loi à fon fiècle ; enfin on s'y inftruiroit de tout ce qui peut être favorable ou contraire à l'avancement des fciences , de tout ce qui peut les approcher ou les éloigner de la perfection. Mais plus ce projet eft grand , plus il eft difficile de le remplir dans toute fon étendue : il ne fera même poffible de l'exécuter que lorfque tous les faits néceffaires auront été recueillis dans les fources, & cette feule opération préliminaire demande les efforts unis d'un grand nombre de perfonnes laborieufes & verfées dans les divers genres de fcience.

C'eft pour concourir à l'exécution d'un projet fi avantageux qu'une fociété de Gens de Lettres a entrepris la *Collection Académique*. Cette Collection dont on publie aujourd'hui trois volumes renfermera les obfervations & les découvertes faites depuis le renouvellement de la Philofophie par les plus habiles Phyficiens de l'Europe fur l'*Hiftoire Naturelle & la Botanique , la Phyfique Expérimentale & la Chymie , la Médecine & l'Anatomie*. Les Mémoires des

---

de la poudre à canon notre Francifcain en trouva la compofition , non point par hafard , comme on le dit ordinairement ; mais en réflechiffant fur l'effet de certains petards dont l'ufage étoit très-commun alors parmi les enfans , & qui fe faifoient avec environ un pouce cube de falpêtre preffé dans un fimple morceau de parchemin. L'explofion de ces petards étoit accompagnée d'un coup de lumière fi vif & d'un bruit fi terrible que , felon lui , la foudre & l'éclair ne produifent pas un tel effet. Au refte fi l'on fe repréfente le Moine Bacon affiégé par l'ignorance , combattu par les préjugés du tems , perfécuté par l'envie qui eft de tous les tems , gêné par fon état , réduit au filence par fes Supérieurs , privé des reffources de l'impreffion , on fera plus étonné de ce qu'il a eu le courage & la force de s'élever à travers tant d'obftacles à des vues fi faines & fi fécondes fur la nature , que de ce qu'il n'a point eu d'imitateurs. Peut-être même auroit-on encore plus de fujet d'être furpris que les vifions de l'Alchymie & de l'Aftrologie Judiciaire euffent pu trouver place dans une fi bonne tête , fi l'on ne favoit par une trifte expérience que le merveilleux , qui féduit toujours le vulgaire , éblouit quelquefois les grands hommes. Voy. *la vie de Roger Bacon* que *Sebaftien Jebb.* a mis à la tête de *l'Opus Majus* imprimé à Londres en 1732. Voy. auffi cet *Opus Majus.*

Académies célèbres & les bons Ouvrages Périodiques de France, d'Angleterre, d'Italie & d'Allemagne feront les principales fources où l'on puifera la matière de cette Collection : on y joindra les Pièces Fugitives & autres Ouvrages qui contiendront des faits bien obfervés, & qui auront été omis, ou feulement indiqués dans les Recueils favans dont on vient de parler. En un mot la *Collection Académique* réunira en moins de quarante volumes tous les faits rélatifs à fon objet, lefquels font répandus dans plus de huit cens volumes originaux, écrits en Latin, en Italien, en Efpagnol, en Anglois, en Allemand, &c. & dont la fuite complète ne fe trouve peut-être dans aucune Bibliothèque de l'Europe. Cet ouvrage fera tout en François, parce que la langue Françoife eft devenue par une efpèce de convention générale la langue courante de l'Europe, & que par la fageffe & la précifion qui la caractérifent elle femble devoir être regardée comme la langue de la Philofophie. On trouvera donc ici tous les Mémoires qui auront été compofés en langues étrangères, traduits ou extraits avec foin par des perfonnes choifies, qui poffèdent les langues, & qui font verfées dans les matières. On donnera leurs noms à la tête de chaque volume, afin que chacun réponde de fon travail & jouiffe de fes fuccès. Les fonctions du nouvel Editeur fe borneront à marquer aux Traducteurs les pièces qu'il faudra traduire en entier ou par extrait, à revoir ces traductions & à les mettre en ordre. Voici les vues qu'il fe propofe de fuivre dans l'exécution de ce plan : il ne rend ce compte au Public que dans l'efpérance d'en obtenir des lumières foit par fon approbation foit par fa cenfure, & dans l'intention de profiter de ces lumières pour perfectionner fans ceffe une entreprife dont la fatigue pourroit le rebuter, mais dont l'utilité l'encourage.

Son but eſt de rendre cette utilité auſſi générale qu'il ſera poſſible , & de l'étendre non-ſeulement à tous les Phyſiciens , mais
encore par leur canal , au reſte des hommes : car tel eſt le ca-
raĉtère de la ſcience réelle , les ignorans eux-mêmes ont un très-
grand intérêt à ſon avancement , & ſouvent la plus grande part
à ſes avantages. La ſeule prérogative des Savans eſt d'être les
miniſtres du bien qu'une telle ſcience fait aux hommes.

Rempli de ces vues d'utilité le nouvel Editeur ſe propoſe de faire connoître de plus en plus toutes les vérités philoſophiques répandues & cachées dans des ſources où il n'eſt pas permis à tout
le monde de puiſer , & de faciliter la circulation de ces vérités
en facilitant l'acquiſition du Recueil qui doit les contenir. Pour cela il tâchera de rendre ce Recueil complet ſans le rendre immen-
ſe , & de circonſcrire ſon objet ſans y rien retrancher d'eſſen-
tiel. Ainſi en le formant des découvertes phyſiques diſperſées
dans une multitude de livres difficiles à entendre , & plus difficiles encore à raſſembler , il ne le chargera point de celles qui ſe
trouveront réunies dans des ouvrages écrits en François & entrepris ſur un plan à peu-près ſemblable à celui de la *Collection Académique*. Il ne copiera point ces ouvrages , parce qu'il les regarde dès à préſent comme faiſant partie de cette Collecĉtion.

Il écartera de l'expoſition des faits tous les détails étrangers à
la ſcience : non que la pluſpart de ces détails lui paroiſſent ſuper-
flus ou déplacés dans chaque mémoire pris ſéparément ; mais parce qu'il les conſidère comme des ornemens acceſſoires , qui peuvent convenir dans les tableaux particuliers , & qui ne doivent
point trouver place dans le tableau général.

Il omettra les extraits des livres imprimés , lorſque ces extraits ne préfenteront qu'une idée fuperficielle des obfervations qui en fe-ront l'objet.

Il fe refufera jufqu'à la fatisfaction de donner de juftes louan-ges aux grands hommes dont il employera les découvertes. Ces découvertes feules feront leur éloge , & le feront beaucoup mieux.

Il retranchera toutes les opinions abftraites qui ne feront pas liées néceffairement avec les faits ; parce que ces opinions font infinies , fouvent fauffes & quelquefois dangereufes , au lieu que les faits font limités , toujours vrais & prefque toujours utiles.

Il ne fera qu'indiquer les hypothèfes , parce qu'il regarde toute hypothèfe ou comme un préjugé fcientifique plus nuifible au pro-grès des fciences que les préjugés vulgaires , ou tout au plus com-me une vérité paffagère & momentanée , relative à l'état actuel de nos connoiffances , & qui change continuellement de forme à mefure que l'obfervation répand de nouvelles lumières.

Il n'admettra aucun raifonnement fur les caufes finales , parce que la recherche de ces caufes lui paroît infiniment au-deffus de l'intelligence humaine. Il compare les vains efforts des hommes fur cette matière aux rêveries de ces fpéculatifs , qui également mal inftruits des faits & des principes du Gouvernement , également incapables de concourir à fes vues par leurs lumières ou par leurs travaux paffent leur vie à déraifonner gravement fur la Raifon d'Etat , & ne rempliffent le vuide de leur inutilité que de chimè-res & de menfonges.

Il ne fera aucune mention de ces fecrets dont on vante les ef-fets merveilleux avec autant de foin que l'on en cache la compo-fition. Rien ne lui femble plus oppofé à l'efprit de la Philofophie que l'esprit de charlatanerie ou de monopole : il souhaiteroit que tous les secrets dangereux s'effaçassent à jamais du souvenir des hommes avec la mémoire de leurs auteurs ; mais il plaint l'infortuné qui par un vil intérêt supprimant des découvertes utiles, trahit le plus sacré des devoirs, renonce au plus noble des plaisirs, celui d'être le bienfaiteur du Genre-Humain.

Il passera sous silence tous les faits de magie & de sortilège qui se rencontrent dans les Recueils de certaines Académies, & en général il s'interdira sévèrement tout ce qui lui paroîtra sortir de la sphère des sciences naturelles & appartenir à une science plus sublime ; parce que la Philosophie humaine qui donne à l'homme une notion assez imparfaite de ce qu'il est & de ce que sont les choses, ne doit jamais envisager l'objet de la Théologie qui fait connoître à l'homme ce qu'il doit être & ce qu'il fera. Au reste il desireroit pouvoir enrichir cette Collection d'un grand nombre de phénomènes appartenans à la magie naturelle, telle que la concevoit le Chancellier Bacon ; c'est-à-dire, à cette Métaphysique active qui découvre l'unité de cause dans les effets les plus dissemblables, & qui se sert de cette découverte pour forcer la nature à produire de nouvelles merveilles.

Il est des merveilles d'une autre espèce dont il fera un grand usage : ce sont les monstres de tous genres. Plus ces phénomènes sont surprenans & semblent violer l'ordre commun, plus il lui paroît digne d'un Physicien de rechercher les causes particulières de ce désordre apparent, d'en observer les limites actuelles, de le ramener même, s'il est possible, aux loix générales connues, ou d'en tirer des lumières pour rectifier ces loix. Il pense que la Philosophie ne proscrit point le merveilleux comme merveilleux, mais

seulement

feulement comme faux , & qu'il feroit auffi déraifonnable de rejetter ou de négliger les faits extraordinaires bien conftatés , que
d'ajouter foi indiftinêtement à tous les prodiges. Plus les monftres
feront obfervés & comparés, moins, pour ainfi dire , ils feront monftres : il croit donc ne pouvoir trop accumuler de ces fortes de
phénomènes pourvu qu'ils foient bien avérés. La règle de critique
qu'il fuivra invariablement fur ce point fera d'être d'autant plus
difficile en preuves que les faits paroîtront s'éloigner davantage du
cours ordinaire des chofes. Par exemple , il fe gardera bien de vouloir déterminer le degré d'influence de l'imagination maternelle fur
le fœtus , & de prononcer la poffibilité ou l'impoffibilité de cette
influence ; mais il n'admettra des faits de cette nature , que lorfque
des Obfervateurs dignes de foi auront attefté l'hiftoire des envies
& des appétits de la mère avant l'accouchement , & qu'ils auront enfuite vérifié & décrit fur le nouveau né la prétendue empreinte des objets qui avoient excité ces envies & ces appétits.

Il n'employera point les découvertes Mathématiques , parce
qu'il lui a femblé que les Mathématiques n'étoient intelligibles que
pour un petit nombre de perfonnes , que leur utilité n'étoit ni di-
reête ni même fort étendue , que leur application n'étoit pas toujours infaillible , & que d'ailleurs ces fciences étant une invention
purement intelleêtuelle , toutes les vérités qu'elles démontrent appartenoient à l'efprit humain , qui les ayant tirées de fon propre
fond pourra toujours les retrouver ou les reproduire à fon gré ; enfin que la chaîne de ces vérités étoit indiffoluble par elle-même ,
& qu'elle fe foutenoit par fa propre force , fans qu'il pût s'en perdre un feul anneau. Il lui a paru au contraire que les faits de la
nature étoient des vérités à la portée de tous les efprits , & d'une

f

utilité générale & immédiate, que la chaîne de ces vérités, ex-
térieure à l'homme, indépendante de l'homme sembloit s'interrom-
pre à tout moment & se perdre dans des ombres épaisses, & que
par conséquent la Philosophie, dont l'objet est d'éclairer ces in-
tervales obscurs, de renouer ces parties divisées, ne pouvoit conser-
ver avec trop de soin le dépôt des faits, puisque chaque fait est un
trait de lumière, un chaînon de la nature, & qu'on ne sait jamais
si une observation rejettée comme inutile n'eût pas servi à éclair-
cir ou à lier des vérités plus importantes. Au reste il est certaines
découvertes fondamentales en Physique, & d'ailleurs très-faciles
à concevoir, qu'il ne pourra se dispenser d'insérer dans la Collection, quoiqu'elles tiennent accidentellement aux sciences Physi-
co-Mathématiques. Telle est par exemple l'observation de Roemer
sur la succession de la lumière. Ce fait appartient évidemment à
la Physique Expérimentale, & s'il est compliqué d'Astronomie
c'est parce que la vîtesse de la lumière est si prodigieuse, qu'à peine devient-elle appréciable lorsque la lumière parcourt des espa-
ces immenses & tels que ceux qui séparent la terre des corps
célestes.

Le nouvel Editeur se bornera donc à l'*Histoire Naturelle*, qui
apprend à l'homme à connoître ses richesses, à la *Physique Expé-*
rimentale qui lui apprend à connoître ses forces, ou plutôt à employer celles de la nature, & à la *Médecine* qu'il regarde comme
l'application la plus intéressante de toutes ces connoissances, puisque son objet est de lutter sans cesse pour tous les êtres vivans &
sensibles contre la douleur & la mort.

Il rassemblera avec soin tous les faits connus, relatifs à ces trois
parties de la Philosophie naturelle : il détachera même ces trois

parties pour peu que le Public paroiſſe le deſirer , & il en formera trois ſuites ſéparées qui feront complètes chacune en leur genre. Dans ce cas les trois volumes qu'on publie aujourd'hui , & qui réuniſſent toutes les matières dans l'ordre des Recueils originaux feront comme le tronc de la *Collection Académique ,* & les trois ſuites détachées en feront les branches.

La branche d'*Hiſtoire Naturelle* comprendra tout ce qui ſe trouvera de deſcriptions tant extérieures qu'intérieures des minéraux , des végétaux , des animaux & des êtres phyſiques qui peuvent échapper à cette diviſion générale. Il faut néanmoins excepter les deſcriptions relatives à l'art de guérir, qui feront réſervées pour la branche de *Médecine.* L'Editeur inſiſtera principalement ſur les objets que l'homme a le plus grand intérêt de connoître , c'eſt-à-dire , ſur les objets qui peuvent être très - utiles ou très - nuiſibles , & ſur les moyens de multiplier les premiers & de détruire les autres. Il épargnera au Lecteur les détails infinis de ces méthodes de nomenclature qui ſervent pluſtôt à déſigner les productions naturelles par des caractères de convention , qu'à les faire connoître par leurs propriétés réelles ; mais qui , ſi elles étoient toutes fondues dans une ſeule , pourroient établir une langue univerſelle entre les Naturaliſtes de tous les pays : il avoue dans ce ſens que ces méthodes peuvent avoir leur utilité , & il ne les abrégera que parce qu'il les regarde comme des hypothèſes arbitraires & comme de ſimples opinions.

Il réunira dans la ſeconde ſuite tous les faits de *Phyſique Expérimentale* & de *Chymie ,* ſans s'arrêter beaucoup à leur théorie que les plus zèlés partiſans de ces ſciences n'annoncent que comme poſſible. Il employera ſur-tout les expériences conçues avec gé-

f 2

nie , fuivies avec affiduité , expofées avec bonne foi , & qui non-
feulement indiquent les principales formes que prennent les matières mifes en expérience , mais qui mettent encore fous les yeux
le mouvement de leurs transformations fucceffives , leur paffage
continuel d'un état à un autre état , & l'enchaînement de tous les
effets qui ont un rapport fenfible avec le phénomène obfervé.

Il formera la troifième fuite de faits de *Médecine* & d'*Anatomie* ,
non de cette Médecine oifive qui fe contente de raifonner , non
de cette Anatomie morte qui fe contente de difféquer ; mais de
cette Médecine & de cette Anatomie qui uniffent leurs efforts
pour pénétrer la ftruéture & le méchanifme du corps humain ,
découvrir les loix du mouvement animal , & faifir les correfpondances fecrètes d'où réfulte l'unité de l'être vivant ; qui pre-
nant l'homme au premier inftant de fa formation obfervent &
décrivent les développemens fucceffifs par lefquels il paffe du
néant au tombeau , qui n'oublient rien pour prolonger la durée
de ce trifte paffage , qu'on appelle la vie , & pour écarter les
fouffrances dont il eft femé ; qui tirent du fein même de la
mort des fecours efficaces contre la mort , en recherchant dans
l'intérieur des cadavres l'origine , le fiege , les ravages fecrets des
maladies , & en y puifant des inftruétions pour combattre ces maladies avec fuccès ; qui tentent des opérations & des expériences
fur les animaux , & qui étudient jufque dans leurs entrailles le jeu
des principaux refforts de la vie , la manière d'agir des alimens , des
poifons & des remèdes ; enfin qui employent ces diverfes connoiffances à perfeétionner toutes les parties de l'art de guérir , & à
procurer fans ceffe à l'homme de nouvelles reffources contre les
maux qui l'affiègent au-dehors & qui le minent au-dedans.

Il s'attachera particuliérement à l'histoire de ces épidémies générales qui attaquent les espèces entières , & souvent même plu-
sieurs espèces à la fois : il n'oubliera rien de ce qui pourra faire
connoître leur caractere , leurs périodes, leurs migrations , & sur-
tout la méthode de s'en garantir ou de s'en délivrer. Il ne fera
mention des maladies particulières que lorsqu'elles fourniront quelque singularité remarquable , & des maladies communes que lorsque leur histoire indiquera les moyens de les rendre rares. A l'é-
gard des traitemens il tâchera d'en donner l'esprit , sans presque
jamais descendre à ces détails de médicamens & de recettes souvent aussi inutiles pour ceux qui savent en faire l'application , que
dangereux pour tous les autres. Au reste s'il s'abstient dans cet
ouvrage de la pluspart des raisonnemens qui roulent sur la théorie
de la Médecine , ce n'est pas qu'il regarde cette théorie comme
absolument désespérée : il croit au contraire qu'on pourra s'en
approcher à force d'accumuler & de combiner les observations ,
& que par conséquent la *Collection Académique* ne peut manquer
d'en avancer beaucoup la recherche & les progrès. Pour lever
toute équivoque , il définit la théorie de la Médecine une connois-
sance générale de tous les mouvemens qui constituent l'état de san-
té , de tous ceux qui constituent l'état de maladie , des moyens
propres à seconder ou à modifier ces mouvemens contraires , des
signes certains qui caractérisent toutes les nuances de ces états op-
posés , enfin de la manière dont chaque chose peut agir sur le vivant , & de l'effet qu'elle doit y produire dans chaque circonstance.

Il croit encore devoir avertir que quoiqu'il se conforme à l'u-
sage reçu dans la division des matières qui formeront les trois branches de la *Collection Académique* , il n'en est pas moins persuadé

que ces branches appartiennent effentiellement à une même tige ,
c'eft-à-dire , à la Philofophie naturelle , qu'elles ne vivent que de
la vie de cette tige commune , qu'elles ne peuvent croître & fleurir
qu'autant qu'elles y demeurent unies , en un mot que pour bien voir
la nature , il faut l'obferver telle qu'elle eft en elle-même & la con-
fidérer comme un grand tout indivifible & continu , dans lequel on
ne trouve aucune trace de ces lignes de féparation qui ont parta-
gé la fcience générale en une infinité de fciences particulières.
Il lui femble que ces divifions ménagées avec art peuvent aider
d'abord à fixer l'efprit des commençans ; mais que dans la fuite
elles ne fervent qu'à faire perdre de vue la grandeur du tout , &
qu'à rompre l'unité de l'enfemble.

Il rangera les matières fuivant l'ordre des tems , parce que cet
ordre , qui dans un fens peut être regardé comme celui de la nature , eft fouvent plus inftructif que celui des rapports arbitraires
que nous établiffons entre les chofes : s'il s'en écarte quelquefois , ce
fera pour rapprocher certains faits dont l'utilité femble s'évanouir
lorfqu'ils font difperfés , & qui ne deviennent lumineux que lorfqu'ils
font réunis. C'eft par cette raifon qu'il dreffera des tables comparées
de toutes les obfervations météorologiques , des variations de l'aimant , des tremblemens de terre , &c. Ces tables elles-mêmes feront foumifes à l'ordre chronologique , & feront diftribuées en
plufieurs périodes d'un certain nombre d'années.

Enfin il fe conduira dans toutes ces opérations par les vues &
les confeils des plus grands maîtres en chaque genre , & par les
décifions du Public qui eft le juge des plus grands maîtres.

Les avantages de la *Collection Académique* font trop évidens pour
qu'il foit befoin de les faire valoir. Depuis qu'il eft des Académies

on fent la néceffité d'établir entr'elles une communication réciproque, & d'appliquer au commerce littéraire le principe de la
concurrence, qui eft l'ame de toute forte de commerce. Cette
concurrence, cette communication entre les Phyficiens de tous les
pays font ce qu'il y a de plus propre à hâter les progrès de la
Phyfique, » non-feulement, dit l'Hiftorien de l'Académie Royale
» des Sciences de Paris, parce que les efprits ont befoin de s'en-
» richir des vues les uns des autres ; mais encore parce que dif-
» férents pays ont différentes commodités & différents avantages
» pour les fciences, & que la nature fe montre diverfement aux
» divers habitants du monde «. Les Phyficiens de Florence pen-
foient de même & par les mêmes motifs. Ils propofoient dans la
préface de leurs *Effais* une affociation générale entre tous les Corps
Savans qui s'occupoient de l'étude de la nature, & ces *Effais* mêmes n'étoient qu'une efpèce de contingent littéraire qu'ils s'étoient
impofés dans le même efprit. Le but de cette affociation eût été de
lier par un centre de correfpondance toutes les parties du monde
philofophique, de mettre en commun toutes les découvertes, &
d'augmenter la force & l'effet de la lumière en raffemblant fes
rayons épars. Boerhaave exhortoit les jeunes Médecins à recueillir avec ordre les expériences répandues dans les Mémoires des
Académies, dans les Journaux littéraires, dans les Ouvrages particuliers, & il leur annonçoit que lorfqu'ils auroient achevé ce
recueil, ils poffèderoient un tréfor ineftimable * ». On abrégeroit
» beaucoup les moyens de s'inftruire, difent les Editeurs de l'En-
» cyclopédie, en réduifant à quelques volumes tout ce que les

---

* *Aliquid auro non vendibile.*

» hommes ont découvert jufqu'à nos jours dans les fciences &
» dans les arts.

La *Collection Académique* n'eſt donc que l'exécution d'une entreprife indiquée par les plus anciennes & les plus célèbres Académies de l'Europe , & defirée par les hommes les plus confom-
més dans les fciences naturelles. C'eſt une compilation , mais une
compilation néceſſaire , & dont la néceſſité s'accroît tous les jours
avec le nombre des Académies. D'ailleurs elle offre tous les avantages des compilations ordinaires fans en avoir les défauts. En réduifant prefqu'entiérement la Phyſique à ce qu'elle a de réel , c'eſt-
à dire , aux faits bien obfervés & aux vérités expérimentales , elle
lui ôtera cette vaine enflure qui , l'exagérant inutilement , fatigue
les bons efprits & rebute les médiocres ; & quoiqu'elle retranche
une grande partie des opinions & des fyſtèmes , cependant elle
renfermera les germes de toute bonne théorie , germes précieux
& féconds qui n'attendront pour éclore que les regards d'un philofophe. D'un autre côté en expofant les obfervations dans tous leurs
détails , elle facilitera les études folides fans favorifer les études
fuperficielles. Quiconque donnera à la lecture réfléchie de cette
Collection tout le tems que lui laiſſeront fes vrais devoirs, fes vrais
plaifirs & fon vrai repos , y pourra prendre des notions juſtes &
approfondies de la nature , & celui même qui la confultera fans
ordre & fans vues tombera néceſſairement fur des vérités utiles.
Il n'eſt point de vérités qui ne foient applicables à nos befoins ,
leur ſtérilité eſt toujours la fuite & l'effet de leur difperfion : la
Collection Académique ne peut donc manquer de les rendre fécondes en les réuniſſant , & par cette réunion elle contribuera plus
qu'aucun traité fcientifique , & qu'aucune découverte particulière
a u x

aux progrès de la bonne Philofophie. C'eſt la principale raiſon qui ait déterminé les Gens de Lettres qui y travaillent à s'y livrer aſ-fidument. Pluſieurs d'entr'eux auroient pu acquérir plus d'hon-neur par des travaux auſquels l'imagination & le talent auroient eu plus de part : tous ont préféré la gloire moins brillante de ſe rendre utiles. Ajoutons qu'on trouvera dans cette Colleɛtion non-ſeulement l'état complet des richeſſes de la Phyſique aɛtuelle , mais encore la vraie balance des Phyſiciens : non pas une balance arbitraire & ſemblable à celle par laquelle un écrivain * d'ailleurs eſtimé a voulu déterminer en nombres ronds le degré de mérite de chaque Peintre dans chaque partie de ſon art ; mais une ba-lance exaɛte , inaltérable , tenue par la nature elle-même , & qui donnera toujours des réſultats juſtes à qui ſaura la conſulter , puiſ-que le mérite de l'homme s'y peſera toujours au poids de ſes dé-couvertes.

S'il étoit néceſſaire de dire encore quelque choſe pour prévenir le Public en faveur du plan qui vient d'être expoſé , & pour ob-tenir ſa confiance ſur l'exécution , il ſuffiroit de l'avertir que ce plan a été conçu principalement d'après les idées , & qu'il ſera déſormais exécuté ſous les yeux d'un Magiſtrat illuſtre , Proteɛteur des Lettres , mais dont par reſpeɛt nous n'entreprendrons point de faire ici l'éloge , puiſqu'il n'a pas moins de répugnance pour la louange que de titres pour la mériter.

L'Edition des trois volumes qui paroiſſent aujourd'hui eſt due aux ſoins de feu M. *BERRYAT* , Doɛteur en Médecine , & Correſ-pondant de l'Académie Royale des Sciences de Paris ; car c'eſt à M. Berryat qu'appartient la première idée de la *Colleɛtion Aca-*

* M. De Pilles.

g

démique, & l'on ne peut douter qu'il n'eût donné à ce projet toute l'étendue & toute la perfection dont il étoit fusceptible, si la mort ne l'eût arrêté dès le commencement de la carrière.

Ces volumes renferment, 1°. tout ce que *l'Académie del Cimento de Florence* a publié sous le titre d'*Essais d'Expériences physiques*, avec les additions du Docteur Muffchenbroek mises en notes. Ces additions contiennent les observations postérieures comparées avec celles des Physiciens de Florence, & un grand nombre de découvertes du Docteur Muffchenbroek lui-même sur toutes sortes de matières ; mais principalement sur la formation de la glace, sur l'expansion des solides causée par l'action de la chaleur, sur l'effervescence résultant de différens mêlanges, &c.

2°. Un extrait des vingt premières années du *Journal des Sçavans*, où l'on a réuni toutes les pièces de ce Journal qui ont rapport à l'objet de la Collection Académique.

3°. Les quatorze premières années des *Transactions Philosophiques de la Société Royale de Londres*, & la *Collection Philosophique* que le Docteur Hook publia, afin de remplir une lacune de près de cinq années qui se trouve dans la suite des *Transactions*, depuis 1678. jusqu'en 1683.

4°. Enfin la première Décurie des *Ephémérides de l'Académie des Curieux de la Nature d'Allemagne*, & la moitié de la seconde Décurie, ce qui va jusqu'en 1686.

Nous allons maintenant indiquer les Traducteurs qui ont travaillé à ces premiers volumes, suivant l'ordre des pièces qu'ils ont traduites, & des lettres distinctives par lesquelles ils se font désignés.

Le Traducteur des *Essais de l'Académie del Cimento* a souhaité par des raifons particulières de n'être point nommé ; mais ce qui doit donner une idée avantageufe de fa traduction c'eft qu'elle a été revue avec foin par M. *LAVIROTTE* Docteur-Régent de la Faculté de Médecine de Paris , Cenfeur Royal , & l'un des auteurs du Journal des Savans. La réputation que M. Lavirotte s'eft acquife , & fon habileté reconnue non-feulement en Médecine , mais encore dans les diverfes parties de la Phyfique , font un fûr garant du mérite de cette traduction.

Ce qui paroît des *Tranfactions Philofophiques* a été traduit par M. *Roux* Docteur en Médecine , par M. *LARCHER* , par M. le Chevalier *DE BUFFON* & par M. *DAUBENTON* , frère ainé de l'Académicien du même nom , & l'un des auteurs de *l'Encyclopédie.*

M. *Roux* qui joint à l'intelligence des langues toutes les connoiffances qui ont rapport à la Médecine , ne pouvoit manquer de bien rendre ce qu'il entendoit parfaitement.

Pour faire connoître ce qu'on doit attendre de M. *LARCHER* , il fuffit de dire qu'il a entrepris le voyage d'Angleterre , & qu'il a paffé à Londres deux années confécutives afin d'apprendre l'Anglois à fond , & de fe mettre en état de bien traduire les productions les plus eftimées de cette Nation refpectable. Le Public lui doit déja la traduction des obfervations de M. Pringle fur *les maladies des armées* , & celle de l'*Hiftoire de Martinus Scriblerus.*

M. le Chevalier *DE BUFFON* qui a fenti de bonne heure quel nom il avoit à foutenir dans les Lettres , a fait les plus grands efforts pour le foutenir dignement ; & l'éducation la mieux raifonnée fecondant en lui l'émulation & les talens , il s'eft rendu capable d'enrichir notre langue des découvertes de prefque tous nos voifins , en attendant qu'il l'enrichiffe de fes propres découvertes.

M. *DAUBENTON* s'eft chargé des articles qui concernent l'agriculture , & perfonne n'étoit plus en état de réuffir dans ce travail , puifque M. Daubenton réunit fur cette matière importante toutes les lumières qu'il a puifées dans une leĉture vafte jointe à une pratique longue , réfléchie & traitée en grand dont il fait depuis long-tems fon unique plaifir.

Les *Ephémérides* d'Allemagne ont été traduites par M. *NADAULT* Avocat Général Honoraire de la Chambre des Comptes de Dijon , & Correfpondant de l'Académie Royale des Sciences de Paris ; par M. *DAUBENTON* le jeune proche-parent de ceux du même nom que nous venons de citer , & par M. . . . . .

M. *NADAULT* déja connu à l'Académie par fes *Mémoires fur le fel de la chaux* , ne peut que gagner beaucoup à être connu du Public par fon ouvrage fur le *Regne Minéral* : cet ouvrage eft plein de vues neuves , d'obfervations fines , de recherches confidérables ; & nous ne pouvons trop nous féliciter de ce que fon auteur veut bien fufpendre des travaux auffi intéreffans pour fe prêter à ceux de la Colleĉtion Académique.

M. *DAUBENTON* le jeune que fa pofition a mis à portée d'apprendre l'Hiftoire Naturelle à la fource , & qui a fû profiter des avantages de cette pofition , ainfi que des exemples & des fecours qu'il trouvoit dans fa famille , s'eft attaché principalement à l'Anatomie comparée. Il a étudié cette belle partie , non dans les livres des Anatomiftes , mais dans le nombre prodigieux d'animaux de toute efpèce que M. Daubenton l'Académicien a fait ouvrir , & & d'après lefquels il a fait les defcriptions excellentes que l'on voit dans l'*Hiftoire Naturelle générale & particulière*.

Le troifième Traducteur ne s'eft point fait connoître : fa traduction s'eft trouvée dans les papiers de M. Berryat , & a été im-
primée avec quelques corrections ; mais nous ne pouvons diffimu-
ler que ces corrections auroient pu être & plus nombreufes & plus
févères.

Les *Tables raifonnées* font de M. *BARBERET* Docteur en Médecine de la Faculté de Montpellier , Agrégé au Collège des Médecins de Dijon , Membre de l'Académie des Sciences de cette
dernière ville , & déja connu par le prix de Phyfique qu'il a rem-
porté à l'Académie de Bourdeaux. M. Barberet s'eft auffi chargé
de la traduction de plufieurs morceaux confidérables pour les volumes fuivans.

Parmi les perfonnes à qui la *Collection Académique* a obliga-
tion, on ne peut refufer une place aux *LIBRAIRES ASSOCIÉS* ,
qui par leur perfévérance active & par leur zèle infatigable l'ont fait
triompher d'une foule d'obftacles fans ceffe renaiffans , & qui font
déterminés à ne rien épargner de ce qui dépendra de leur art & de
leurs reffources pour concourir aux vues de l'Editeur & aux travaux de fes Collegues.

Après avoir indiqué les Recueils Originaux d'où l'on a tiré ces
premiers volumes de la Collection Académique , après avoir nommé les perfonnes qui ont eu part à l'exécution de l'ouvrage , il ne
nous refte plus qu'à expofer en abrégé l'hiftoire des trois Académies & du Journal qui ont fourni la matière de ces volumes.

Léopold Grand Duc de Tofcane a eu la gloire de donner à tous
les Souverains l'exemple de former une Académie de Phyfique
Expérimentale ; ce fut l'Académie connue fous le nom *del Cimento* , qu'il établit à Florence l'an 1657. Non-feulement il l'établit ,

mais il traça lui même le plan de ſes exercices , & la ſageſſe de ce plan fut juſtifiée par le ſuccès le plus complet. Il recommanda particuliérement aux nouveaux Académiciens de s'appliquer à l'obſervation & à l'expérience , & de commencer par vérifier les découvertes célèbres , afin de conſtater de plus en plus la vérité , & d'empêcher que l'erreur ne s'accréditât par de grands noms. Ces Académiciens preſque tous diſciples de Galilée ſuivirent avec d'autant plus de zèle les vues de leur Souverain , qu'ils les trouvèrent conformes à celles de leur maître. Ils examinèrent en conſéquence un grand nombre de points de Phyſique , & ils ſe conduiſirent dans cet examen avec beaucoup d'intelligence, de ſagacité & de bonne foi ; ſéparant ſans ceſſe le vrai du faux , rendant juſtice aux Inventeurs , perfectionnant quelquefois leurs inventions , & faiſant eux-mêmes une quantité de nouvelles découvertes.

Ils publièrent en 1667. le réſultat de leurs premiers travaux ſous le titre modeſte *D'ESSAIS* , & ces Eſſais écrits dans toute la pureté de la langue Italienne ſont un chef-d'œuvre de Phyſique Expérimentale. On y trouve un diſcernement exquis dans le choix des ſujets que cette Académie ſe propoſoit d'examiner , un art particulier à décrire nettement l'appareil des expériences les plus compliquées , une induſtrie ſingulière à en varier les procédés & les applications , une exactitude ſcrupuleuſe , & qui ne peut être aſſez imitée , à en expoſer les ſuccès heureux ou malheureux , une répugnance égale pour les diſputes de mots & pour les ſyſtêmes prématurés , enfin une méthode vraiment philoſophique , & auſſi ſévèrement dégagée des ſubtilités de l'ancienne Ecole que des hypothèſes de la nouvelle. Ces Eſſais dictés , pour ainſi dire , par l'eſprit de Galilée , étoient dignes du ſiècle de Newton , & c'eſt une perte réelle pour la Phyſique qu'un ouvrage auſſi bien commencé n'ait point eu de ſuite.

Ferdinand ſecond, frère & ſucceſſeur de Léopold, mérite d'être regardé comme le ſecond fondateur de l'Académie *del Cimento*, ſoit par la protection immédiate dont il honora cette Compagnie, ſoit par les ſecours de tout genre qu'il lui procura pour faire réuſſir de grandes expériences, & ſur-tout par l'honneur qu'il lui fit ſouvent de prendre part à ſes exercices. Ce Prince venoit au ſein de l'Académie ſe délaſſer des travaux du Gouvernement, & la préſence du Prince ranimoit les travaux académiques. Il ne faut donc pas s'étonner ſi aucune autre Académie n'a eu une aurore auſſi brillante.

Le *Journal des Savans* eſt le premier Ouvrage Périodique qui ait paru en Europe. M. *DE SALLO* Conſeiller au Parlement de Paris & créateur de ce nouveau genre d'ouvrage en publia les premières feuilles au commencement de l'année 1665. Son projet étoit de faire connoître au Public les livres nouveaux à meſure qu'ils paroiſſoient, de donner une idée juſte de l'objet & de la manière de chaque écrivain, & d'annoncer les découvertes de Phyſique & de Médecine, les expériences de Chymie, en un mot toutes les nouveautés des ſciences & des arts. Comme ce plan étoit trop vaſte pour un ſeul homme, M. de Sallo aſſocia à ſon travail MM. *de BOURZEYS*, *de GOMBERVILLE*, *CHAPELAIN & GALOIS*, tous quatre de l'Académie Françoiſe. M. Galois étoit de plus Secrétaire de l'Académie Royale des Sciences de Paris.

Le Journal des Savans fut reçu d'abord avec l'applaudiſſement qu'il méritoit : il en eût mérité plus encore ſi ceux qui y travailloient s'en fuſſent tenus à inſtruire le Public des nouvelles littérai-

res, fans vouloir prévenir fes jugemens ni décider de la réputation des auteurs. Mais ils fe permirent trop fouvent de prononcer
fur les ouvrages & fur les écrivains avec une liberté dont le principe eft quelquefois louable, & dont les conféquences font fouvent dangereufes. Cette liberté déplut à plufieurs perfonnes, dont
les unes fe prétendant offenfées & les autres craignant de l'être
à l'avenir, follicitèrent & obtinrent la fuppreffion du Journal
quelques mois après qu'il avoit commencé à paroître. L'année
fuivante M. Galois le reprit avec un zèle qui fut très-vif dans les
commencemens, mais qui fut bientôt rallenti : car depuis 1668.
jufqu'en 1674. il ne publia que feize Journaux. Ce fut pour remplir le vuide de ces dernières années que M. *DENYS* Doêteur
en Médecine publia fes *Mémoires fur les Arts & fur les Sciences*.
M. Galois eut pour fucceffeurs dans ce travail M. l'Abbé *DE LA
ROQUE* recommandable par fon exaêtitude, & enfuite M. le Préfi-
dent *COUSIN* de l'Académie Françoife. Ce dernier fecondé par M.
REGIS dans les matières de Phyfique, accrut beaucoup la réputation
& le mérite du Journal ; mais M. l'Abbé *BIGNON* fit beaucoup plus
pour cet ouvrage lorfqu'en 1702. il en confia l'exécution à une Société de Gens de Lettres compofée de MM. *DUPIN, RASSICOD,
ANDRY, FONTENELLE, DE VERTOT,* &c. Ces hommes avoient
le droit de juger les ouvrages d'autrui puifqu'ils favoient en faire d'excellens ; cependant ils usèrent de ce droit avec beaucoup de retenue.
Leurs Succeffeurs ont marché fur leurs traces, & cette Compagnie,
qui eft aêtuellement fous la proteêtion immédiate de Monfeigneur
le Chancelier, continue de donner à tous les Journaliftes l'exemple d'une critique faine, incorruptible & modérée. Egalement fupérieure aux baffeffes de l'adulation, aux noirceurs de la Satyre

&

& aux abus de l'ironie , elle regarde comme le plus trifte &
le moins effentiel de fes devoirs , celui de relever les fautes des
écrivains ; elle penfe qu'on peut amufer la malice du Lecteur ,
mais non pas lui former le goût , en n'arrêtant fes yeux que fur des
imperfections & des défauts : elle croit au contraire travailler bien
plus efficacement aux progrès des Lettres en infiftant principalement fur ce qui eft digne d'être imité , en encourageant les talens
par de juftes louanges, en les guidant par des confeils lumineux , &
fur-tout en conciliant invariablement le refpect dû à la vérité avec
les égards dûs aux perfonnes.

La *Société Royale de Londres* doit fon origine aux affemblées particulières de quelques Anglois, qui avoient voyagé en France ,
& qui avoient pu prendre à Paris chez MM. *MONMOR & THE-
VENOT* l'idée & le goût des conférences littéraires.Leur amour pour
les fciences autant que leur haine pour Cromwell les avoit réunis
à Oxford loin des troubles & de l'ufurpateur. Charles fecond étant
remonté fur le trône de fes Ancêtres , fignala les premières années
de fon regne par les graces qu'il accorda à cette Société naiffante
& fidèle à fes Rois : il la fixa à Londres ; il mit à fon établiffe-
ment le fceau de l'Autorité Royale,& les privilèges qu'il lui donna
l'honorèrent d'autant plus qu'ils laifferent à fes membres tout le
mérite du défintéreffement. Cette Société ne pouvoit manquer de
devenir illuftre , puifque l'amour de la gloire & de la vérité étoit
le feul principe de fa conftitution : auffi produifit-elle dès fa naiffance le fameux BOYLE , & bientôt après le grand NEWTON.

Elle commença en 1665. à publier fes Mémoires fous le titre
de *Tranfactions Philofophiques* , & elle les a continués avec un tel
fuccès que quoiqu'ils réuniffent les matières d'érudition & de Phi-

h

losophie, ils forment l'un des Recueils le plus riche en grandes découvertes sur les objets de la Collection Académique.

Quelque-tems auparavant un Médecin d'Allemagne nommé
Bausch, zélé pour les progrès de son art, avoit tenté ce que les
Empereurs auroient dû faire. Il imagina de former une Académie
dispersée des plus habiles Médecins de l'Europe, & d'établir entr'eux une correspondance perpétuelle de découvertes & d'observations. C'étoit une espèce d'Académie universelle qui embrassoit,
pour ainsi dire, toutes les autres Académies, puisque la plufpart de
ses membres appartenoient aux Sociétés les plus célèbres. Sa liste
est ornée d'une foule de noms illustres dans les sciences : il suffira
de nommer les *Gesner*, les *Bartholins*, les *Etmuller*, les *Wedelius*,
les *Camerarius*, les *Peyer*, les *Hoffman*, les *Sthall*, les *Heister*, les
Baglivi, les *Lancisi*, les *Vallisnieri*, les *Lorenzini*, les *Morgagni*,
les *Chirac*, les *Trew*, les *Scheuchzer*, les *Haller*, les *Linnæus*, &c.

En 1670. elle mit au jour le premier volume de ses Mémoires
sous ce titre : *Ephémérides de l'Académie des Curieux de la Nature
d'Allemagne*, & ce volume a été suivi d'un grand nombre d'autres jusqu'à ce jour. En 1683. l'Empereur Léopold voulant encou-
rager cet établissement le confirma par des Lettres-Patentes sous
le titre d'*Académie Impériale des Curieux de la Nature*. Cinq ans
après il lui accorda de nouvelles prérogatives, & il attacha à la
place de Président, ainsi qu'à celle de Directeur, la noblesse avec
le titre de Comte du Saint-Empire.

Les Ephémérides ont eu trois périodes remarquables : d'abord
elles furent divisées par *Décuries*, ensuite par *Centuries*, & enfin
elles ont pris le titre de *Mémoires de Physique & de Médecine*. * A

* *Alia Physico-Medica.*

toutes ces époques l'Ouvrage a acquis de nouveaux degrés de perfection. Chaque Décurie, (& il y en a eu trois) étoit compofée de dix volumes immenfes où quelques faits bien obfervés étoient noyés dans une quantité de raifonnemens, de citations & de fables. On corrigea dans les Centuries une bonne partie de ces défauts, & les Mémoires de Phyfique & de Médecine ont été recueillis avec encore plus de difcernement & de foin. Mais je ne puis donner une plus jufte idée de ce vafte recueil qu'en citant le jugement qu'en portoit Boërhaave. » Les Ephémérides, dit ce grand Mé-
» decin, contiennent d'excellentes chofes qu'on ne trouve point
» ailleurs : elles en contiennent auffi de médiocres & d'inutiles,
» ce qui étoit inévitable dans un ouvrage de cette nature ; mais
» il n'en feroit que plus indifpenfable de féparer tout ce qu'il y a
» de bon, & d'en former une *Collection* choifie : fi cette Collection,
» ajoûte-t'il, étoit faite & bien faite, il n'eft aucun Médecin qui
» pût s'en paffer. « Voilà ce que confeilloit Boerhaave fur les Ephémérides, & voila ce qu'une Société de Gens de Lettres entreprend aujourd'hui, non-feulement fur les Ephémérides, mais encore fur tous les Recueils de même genre qui ont paru en Europe, & fur un grand nombre d'ouvrages détachés. Cette entreprife eft d'une exécution très-laborieufe ; mais fes avantages égalent fes difficultés ; & c'eft un double titre pour obtenir l'indulgence du Public & l'approbation de tous ceux qui aiment le bien. La Collection Académique préfentera les travaux des Philofophes & les progrès de la Philofophie depuis l'époque de fon renouvellement : d'autres travaillant fur le même deffein éclairciront l'Hiftoire, réuniront les découvertes des tems plus éloignés & plus obfcurs : Ce ne fera que lorfque tous ces matériaux feront amaffés qu'il fera

possible de les mettre en œuvre avec un succès entier, & que des hommes de génie raffemblant les lumières de tous les âges, rapprochant tous les faits, généralifant toutes les caufes, comparant toutes les tentatives, tous les projets, & jufqu'aux erreurs de l'efprit humain, pourront enfin parvenir à la fource de toutes les vérités phyfiques, les contempler dans leur plénitude, & en répandre les falutaires influences fur tous les hommes. La nature eft fi profonde dans fes vues, fi grande dans fes plans, fi compliquée dans fes moyens, fi variée dans fes ouvrages, que ce n'eft point trop des efforts unis de tous ceux qui l'ont obfervée & qui l'obfervent encore tous les jours, pour percer fes obfcurités, ou du moins pour épuifer fes bienfaits.

FAUTES A CORRIGER DANS CE DISCOURS.

PAg. x. *ligne* 16. & generalifé, *lifez* generalifer.
Pag. xviij. *lig.* 26. & a un très-grand intérêt, *lif.* & il a
Pag. xix. *lig.* 16. elle ne fe borne pas, *mettez* cette étude ne fe borne pas.

Cet Ouvrage fe vend à DIJON, chez FRANÇOIS DESVENTES, & à AUXERRE, chez FRANÇOIS FOURNIER.

De l'Imprimerie de FOURNIER.

www.ingramcontent.com/pod-product-compliance
Lightning Source LLC
Chambersburg PA
CBHW070808260626
47161CB00006B/2197